うたあわせの悦び

一三〇〇年の時空を越えて

栗木京子

短歌研究社

目次

行く春　9
〈第一番〉行く春　14
春霞・亡き子　19
〈第二番〉春霞　20
〈第三番〉亡き子　24
老い　31
〈第四番〉老い　32
忘れず・あやめ　41
〈第五番〉忘れず　42
〈第六番〉あやめ　48
北　55
〈第七番〉北　57
紅・撫子　64
〈第八番〉紅　66
〈第九番〉撫子　72

目次

菊・おちる 76
〈第十番〉菊 77
〈第十一番〉おちる 82
待つ・鹿 89
〈第十二番〉待つ 89
〈第十三番〉鹿 96
月・母 101
〈第十四番〉月 102
〈第十五番〉母 108
命・物思ふ 113
〈第十六番〉命 114
〈第十七番〉物思ふ 119
衣・枕 124
〈第十八番〉衣 125
〈第十九番〉枕 130

石・涙　136
〈第二十番〉石　136
〈第二十一番〉涙　142
柱・壁　148
〈第二十二番〉柱　148
〈第二十三番〉壁　153
酒・梨　159
〈第二十四番〉酒　160
〈第二十五番〉梨　167
手（掌）　171
〈第二十六番〉手（掌）　172
足・をみな　181
〈第二十七番〉足　181
〈第二十八番〉をみな　188
をとこ　194

目次

〈第二十九番〉をとこ　195
名　204
〈第三十番〉名　205
草　217
〈第三十一番〉草　219
星　230
〈第三十二番〉星　231
あふ　243
〈第三十三番〉あふ　244
あとがき　256
登場作者一覧　258

和歌の引用は、『新編国歌大観』（角川書店）、『新編日本古典文学全集』（小学館）、『新日本古典文学大系』（岩波書店）に典拠しました。複数の表記がある場合には、著者の判断で、そのつどその中から選択しました。

なお、『源氏物語』の文章および和歌はすべて『新編日本古典文学全集』（小学館）に拠っています。

うたあわせの悦び

一三〇〇年の時空を越えて

装丁　坂川栄治＋永井亜矢子（坂川事務所）
装画　増島加奈美

行く春

古典は私にとって長らく敬して遠ざけたい対象であった。

そもそも私が歌を詠みはじめたのは三十年ほど前、大学生のときのこと。学生食堂の片隅で開かれていた古書市で歌誌「コスモス」を見つけ、美しい表紙に惹かれたのがきっかけである。何気なく開いたページに若い女性と思われる作者の一連七首ばかりの歌が載っていた。作者は好きな人がいるらしい。けれども入院中で今はなかなか会えない状況にいるらしい。二人で茹で卵を分け合って食べた日がなつかしい、という意味の歌があって、何と一途で切ない恋心なのだろうと思った。

当時の私は呑気な大学生だったが、青春期特有の挫折感や孤独感をかかえており、そんないじけた私の心に健気な病歌人の言葉はみずみずしく沁み込んできた。中学や高校の教科書で習った和歌や短歌は何だか型にはまっていてそらぞらしかったが、ここには「今」を生きる生身の人間の声がある。そう感じてとてもうれしかった。

そのうれしさに背を押されて見様見真似で歌を詠みはじめた私は、「コスモス」短歌会に入会すると同時に大学の短歌同好会「京大短歌会」に加わった。一九七五（昭和五十）年である。そして京大短歌会の先輩から必読文献として渡されたのが、塚本邦雄の第一歌集『水葬物語』のコピーであった。

今から振り返れば、この頃は昭和三十年代後半に最盛期を迎えた前衛短歌運動が四十年代に入ってそれぞれの結実を果たした時期。前衛短歌の旗手であった塚本邦雄や岡井隆に心酔するところから短歌に関わった若者たちが、前衛第二世代として活躍しはじめる時期でもあった。一九五一（昭和二十六）年刊行の『水葬物語』はすでにして学生歌人のバイブルであった。『水葬物語』の歌の数々は「コスモス」の女性歌人の歌とはまた別の魅力で私を圧倒した。

ゆきたくて誰もゆけない夏の野のソーダ・ファウンテンにあるレダの靴

『水葬物語』の「粋な祭」の章にあるこの歌にはとりわけ惹き付けられた。フランスの詩人ランボーの詩の一節が歌集の扉に記されていることにまずとまどったのだが、それは新鮮なとまどいでもあった。続いて「ソーダ・ファウンテン」って何なのだろう、と興味を掻き立てられた。ソーダという名の泉がどこかの国にあるのだろうか。いやいやソーダ・ファウンテンはスタンド式の飲料売り場のことらしい。

夏の野にソーダ売り場があるのはわかる。でもどうして誰も行けないのだろうか。そして「レダの靴」があるというのはどういう意味なのだろうか。レダはギリシア神話の女神なのでこれは架空の世界の物語なのかもしれない。白鳥に化身したレダだから靴を脱いだのだろうか……などと、苦しみつつもワクワクしながら読み解いていったものであった。

短歌ってこんなに複雑で自由自在で洗練されたことを表現できるのだなあ、という驚き。教科書で古典を読んだときの難解性とは全く異質の〝歯が立たないけれど楽しい〟という種類のむずかしさを感じた。じつのところ塚本は古典に精通した歌人で、彼の歌には西洋のみならず日本の伝統的文化（和歌に限らず音楽や絵画など）がちりばめられているのだが、二十代の私はそんなことはいささかも気付かず、ひたすら「古典は古臭い、現代短歌は新しい」と信じて疑わなかった。ますます古典から遠ざかってしまったことになる。

さらに追い討ちをかけたのが、先輩に勧められて初めて読んだ歌論が正岡子規の「歌よみに与ふる書」だったこと。所属した京大短歌会の顧問が高安国世で、高安は「アララギ」出身の歌人であったため、必然的に子規に行き当たった。

よく知られているように子規は大の『古今集』嫌い。「再び歌よみに与ふる書」は「貫之は下手な歌よみにて『古今集』はくだらぬ集に有之候」という断定ではじまっている。十回にわたって新聞「日本」に連載された子規の論を通読して、どうも私は刷り込みを受けてしまったらしい。

「歌よみに与ふる書」を仔細に読めば、子規は『古今集』について評価している部分もあり、また『万葉集』や源実朝の歌は賞賛している。ゆめゆめ古典すべてがダメと言っているのではないのだが、私は「くだらぬ集に有之候」に過剰反応して、明治以前の歌は読まなくていいのだ、と勝手に決めていた。

というようないくつかの要因が重なるまま三十年近く、古典になるべく近づかないように作歌を続けてきた。そんな私の思い込みが揺さぶられたのは、二〇〇六（平成十八）年二月号から「短歌研究」で連載がはじまった座談会「馬場あき子と読む・鴨長明『無名抄《むみょうしょう》』」（『馬場あき子と読む鴨長明無名抄』短歌研究社に所収）のメンバーに加わったこと。それに先立って二〇〇二年九月号から二〇〇五年三月号まで「短歌研究」に連載されていた馬場の評論『歌説話の世界』（講談社）の生き生きとした語り口を印象深く読んでいたので古典への敷居の高さは少し緩和されていたものの、いざ座談会に参加するとなると身の竦む思いに襲われた。しかし、鴨長明の『無名抄』は古典に疎い私をけっして門前払いにはしなかった。

『無名抄』を輪読しながら、八百年以上の時空を越えて歌人たちが時にせつせつと、時に虎視眈々と、時にドタバタと、和歌に命を懸けて動き回る姿を想像し、いつしか遠い時代への親しみが増していった。コーチの馬場あき子の卓抜な指導もあって、二年後に座談会が終了する頃には先入観にとらわれてきた自分を反省するに至った次第である。

そこで、これを機会に私なりのかたちで古典と向き合ってみたい、と考えるようになった。方法についてはかなり迷った。その末に、やはり一首一首の歌の「読み」にこだわろうと決めた。とは言え、漠然と歌の解釈をしていっても私の力量では新たな切り口を提示できる自信がない。ならば、古典和歌と現代短歌を二首一対にして味わってみてはどうだろうか、と思い付いた。同一のテーマ、素材、あるいは修辞法をもつ和歌（明治時代の和歌革新運動以前の歌）と短歌（それ以降の歌）を組み合せる。いわば歌合せである。

時間や空間を大きく越えた歌合せ、ということになる。ただし、出来映えを競うのが主旨ではないので勝ち負けの判は下さない。あくまでも二つの作品の関係性に主眼を置いて、読み解いてみたいと思う。千年、あるいはそれ以上の時空を飛び越えて、二つの作品が驚くべき共通点を示したり、互いの照り返しによって思いがけない表情をあらわにしたり。そういった効果が見えればうれしいが、逆に比較することで一方が一方を呑み込んでしまったり、相殺し合って精彩を失う結果になることがあるかもしれない。

それでも良いと思う。さまざまな歌の組み合せ、歌人の組み合せに心を奮い立たせながら稿を書き進めてゆきたい。採り上げる歌は時代順やテーマ別にせず、気ままにあちらへこちらへと飛び移る予定。僭越ながら、後鳥羽院の撰んだとされる「時代不同歌合」に倣って、「超時空歌合せ」を試みてみたいと思う。

〈第一番〉 行く春

今日《けふ》のみと春を思はぬ時だにも立つことやすき花のかげかは

凡河内《おおしこうち》躬恒《みつね》『古今集』春下

いちはつの花咲きいでて我目には今年ばかりの春ゆかんとす

正岡《まさおか》子規《しき》『竹の里歌』

躬恒の歌は『古今集』巻第二春歌下の結びに置かれており、「亭子《ていじ》院の歌合に・春の果の歌」と題詞がある。

〈(いくら見ていても飽きないので) 桜の花陰からは立ち去りがたい。ましてや今日限りで春は終わるかと思うといよいよもって花陰から離れることができない〉

意味的にはこうなる。それを二重否定や反語を用いてじつに回りくどい言い方をしている。子規は「五たび歌よみに与ふる書」で、この歌ではないが躬恒の次のような歌を取り上げて厳しく批判している。

春の夜《よ》の闇《やみ》はあやなし梅の花色こそ見えね香《か》やはかくるる

凡河内躬恒『古今集』春上

この歌を引用して、「『梅闇に匂ふ』とこれだけで済む事を三十一文字に引きのばしたる御苦労加減は恐れ入つた者なれど」と皮肉たっぷりに評している。たしかに「今日のみと」の歌も「花を惜しみ春を惜しむ」と端的に表せばすむことを、うねうねと遠回りして迷い道をしながら詠んでいるだけ、と言えなくもない。

だが逆から見れば、直線的でなく曲線に託して表したところに、去りゆく季節への心残りが滲み出ているのがわかる。まるで花陰から立ち去る時間稼ぎをするかのように「時だにも」「花のかげかは」と副助詞や係助詞を駆使して歌のしらべに含みを持たせている。すなわち、わかりにくく表すことこそが春への餞だったのである。

では、なぜそこまで花陰から立ち去ることに躬恒はこだわったのか。春が終わっても桜を見に来ればいいじゃないか、と考えるのが普通であろう。しかし、春が終わって翌日から夏が立つ、という暦の意識は躬恒たち平安前期の歌人たちにはひじょうに濃厚なものであったはずである。

『古今集』は春の歌からはじまるが、巻頭歌とそれに続く歌は、

旧年に春立ちける日、よめる

年のうちに春は来《き》にけりひととせを去年《こぞ》とやいはむ今年《ことし》とやいはむ

在原元方《ありわらのもとかた》『古今集』春上

春立ちける日、よめる

袖《そで》ひちてむすびし水のこほれるを春立つけふの風やとくらむ　紀《きの》貫之《つらゆき》　同右

というように「春」が「立つ」ことを強く意識して詠まれている。今でも立春、立夏などの節気名はよく使うが、平安時代の立春はまさに春という季節がくっきりとした輪郭を帯びて立ち上がる、という手応えを伝えてくる。季節がボディを持っており、個人の思惑など撥ねつけてしまう。暦の上で春と夏が入れ替わればもはや桜を忘れて夏の花（花たちばな）に心を寄せることを余儀なくされるのである。そういう暗黙の制約があったからこそ、春の最後の日に未練がましく言葉を入り組ませて季節を惜しみたくなる。躬恒の歌はそんな独特の時間意識を踏まえて読むべきであろう。

『源氏物語』「若菜下」の冒頭には晩春の六条院に殿上人が集まって弓の競射をする場面が出てくる。賑やかな一日が暮れようとする情景を、「暮れゆくままに、今日にとぢむる霞のけし

きもあわただしく、乱るる夕風に、花の陰、いとど立つことやすからで、人々いたく酔ひ過ぎたまひて」と描かれており、この「花の陰、いとど立つことやすからで」に躬恒の歌が反映されている。殿上人たちはいつまでも春の情感にひたっていたくて、花の美しさに溺れ、酒の酔いに身をまかせているのだ。花陰への未練はすでに美意識の典型になっていたことがわかる。

一方、正岡子規の、

いちはつの花咲きいでて我目には今年ばかりの春ゆかんとす

の歌は、まさに極私的な「春」を詠んでいる。一九〇一(明治三十四)年の晩春のある日に詠んだ一連十首の中の歌。「しひて筆を取りて」と詞書がある。死の一年半ほど前の一連なので、このときすでに結核と脊椎カリエスの病状はかなり深刻であった。

いちはつ(鳶尾・一八)はアヤメ科の多年草で高さ三十センチほど。晩春から初夏に紫や白の花を咲かせる。花のたたずまいは豪華であるし、「いちはつ」という語感にも新鮮な勢いが感じられる。一連十首には他にも牡丹や山吹や藤や薔薇の花が登場する。また、夕顔の棚を作ろうと思ったり、秋草花の種を蒔かせる歌もある。植物の生命にみずからの生の炎を重ねたい、という願いがどの歌からも伝わってくる。

自然現象としての春、暦の上の区分としての春。そういった春は繰り返し巡ってくるだろう。そしてもろもろの美しい花を地上に咲かせるだろう。しかし、この歌で子規が最も表したかったのは、「我目には今年ばかりの」という限定的な設定なのである。春の普遍性など、もうどうでもいい。たった今、目の前にある春は、自分の人生で最後の一回きりのものなのかもしれない。そう覚悟したとき、思わず「我目には」と念押しせずにいられなかった子規の気持ちがよくわかる。

一連十首の中には、

別れゆく春のかたみと藤波の花の長ふさ絵にかけるかも

という歌もある。「我目には」と詠まれた自身の眼差しを死後にもとどめておきたい。その一心で子規は藤の花房を絵に描いたりもしたらしい。それはきわめて「個」に徹した季節感の具現化と言えよう。

春という季節を「区切り」として捉えて別れを惜しんだ躬恒。春を自己の眼差しを通して永久保存しておきたいと願った子規。一言で表せば「季節の様式化」対「季節の個別化」ということになるが、単にそんな二分化を越えて、去りゆく歳月へのいつくしみが両者の歌には湛えられている。そしてそれは、他のどの季節とも代替不可能な、春だからこその情感であることも興味深いことに思われる。

春霞・亡き子

歌合せ第一番は「凡河内躬恒」対「正岡子規」の対戦にしてみた。躬恒は紀貫之、紀友則、壬生忠岑《みぶのただみね》とともに『古今集』の撰にあたった歌人。最年長の友則は撰進中に亡くなったので、実質的に『古今集』を完成させたのは貫之、躬恒、忠岑の三人ということになる。『古今集』入集歌は六十二首もあり、貫之に次いで第二位。当時の歌壇の重鎮であった。明治の和歌革新運動の旗手・正岡子規とはまさに好敵手と言ってよい。

また、躬恒と子規は歌人としての名声を残したものの人生そのものが必ずしも恵まれていたわけではなかった、という点でも共通している。子規の不運は、よく知られているように宿痾の結核そしてカリエスによって三十五歳で生を閉じざるを得なかったこと。一方、躬恒の不運は終生にわたって官位が低かったことである。『古今集』の仮名序に記されている躬恒の肩書は「前甲斐少目《まえのかいのしょうさかん》」なので、従八位相当にすぎない。撰者としての栄誉がすなわち宮廷での地位、とはならなかったところが興味深い。撰者の中でかろうじて殿上人（昇殿を許された人。四位、五位以上の一部および六位の蔵人《くろうど》）となったのは、土佐守を経て従五位上となった紀貫之のみ。それとて七十歳近い高齢になってようやく得た官位であった。

第二番ではその貫之の歌を登場させてみたい。

〈第二番〉 春霞

三輪《みわ》山をしかも隠《かく》すか春霞人に知られぬはなやさくらむ

紀《きの》貫之《つらゆき》『古今集』春下

春がすみいよよ濃くなる真昼間のなにも見えねば大和と思へ

前川佐美雄《まえかわさみお》『大和』

岩波書店のPR誌「図書」二〇〇七（平成十九）年十二月号に、言葉をめぐる座談会が掲載されている。俳人で作家の小林恭二がそこで語っている次のような発言に注目した。

「霧」と「霞」の違いというのがあります。あれは気象用語としては「霧」のほうが濃いんですね。「霞」はもうちょっと薄いんです。ところが実際そうかというと、我々の印象としては、中にいる時が「霧」で、外から見ているのが「霞」だと思う。実際に文芸作品を見て、「霧」と言う時はその人がその中にいる時ですね。「霞」は遠くにいる。これはもうほとんど間違いないです。「私はいま霞の中にいます」とは誰も言わないんですね。はたしてそれを、「霧」は濃い、「霞」は薄いと言ってしまっていいのか、ということはありますね。霧というのは、統計的には四季いつでも出る。でも、秋にとりたてて霧だと言うのは、要するに秋は内省することが多くなって、自分はいま霧の中にいるというふうな印象があるからだと思います。逆に春になると、人は顔を上げて外の風景を見ようとする。だから靄とか霞とか、外側のものになる。

霞は春で、霧は秋。私にはその程度の認識しかなかったのだが、小林の言うような「霞は薄くて、霧のほうが濃い」、「霞は外から見るもの、霧は中にいるもの」、「霞は顔を上げて見るもので、霧は内省的なもの」といった分類について、なるほどと思った。小林発言に触発されてさらに考えてみると、霞は山と関係があり、一方の霧は山だけに限らず海にも出現し、どちらかというと海のほうがふさわしいような気がしてきた。おそらくそれは、現代短歌の霞の歌と言えば掲出の前川佐美雄の大和の歌がまず思い浮かび、霧の歌というと、

マッチ擦るつかのま海に霧ふかし身捨つるほどの祖国はありや

寺山修司《てらやましゅうじ》『空には本』

を思い出すからであろう。山に囲まれた大和（奈良）と霧深い海。真昼の霞と夜の霧。好対照を成す名歌である。

小林の指摘の通り、前川の霞の歌は遠くのほうに身を置いて景を眺めている。結句「大和と思へ」は命令形というよりも「大和と（こそ）思へ」という強意表現で、「思へ」は係り結びによる已然形であろう。したがって、結句の意味は「大和なのだなあと思う」となる。次第に濃くなる春霞に包まれて、昼間の明るさの中にありながら見えなくなってゆく大和。大和という伝統的な土地の湛える重厚な存在感が如実に伝わってくる。

前川のこの歌は掲出の紀貫之の、

三輪《みわ》山をしかも隠《かく》すか春霞人に知られぬはなやさくらむ

の歌を踏まえているに違いない。『古事記』の伝承で知られる三輪山。大和のその山を霞が隠す、という趣向をそっくり取り入れている。

紀貫之の三輪山の歌は、じつは、

三輪山を然《しか》も隠すか雲だにも心あらなも隠さふべしや
額田王《ぬかたのおおきみ》『万葉集』巻一―一八

の本歌取りである。『万葉集』では「雲」が隠していた三輪山を『古今集』では「霞」が隠していることになる。この変遷が面白い。

そもそも『万葉集』では霞はたなびくもの、と捉えられるのが一般的であったようだ。また『古今集』よりも後の時代においても、

ほのぼのと春こそ空に来《き》にけらし天《あま》の香具山霞《かぐやまかすみ》たなびく
後鳥羽院《ごとばいん》（太上天皇）『新古今集』春上

など「たなびく」歌が主流になり、その傾向は、

ふるさとの尾鈴の山のかなしさよ秋もかすみのたなびきて居り
若山牧水《わかやまぼくすい》『みなかみ』

というかたちで大正時代の歌にも受け継がれている。つまり、霞はほとんどの場合「たなびくもの」であって、「隠すもの」としての表情をまとっていた時期はそんなに長くはないのである。

「人に知られぬはな」というとびきりの宝物を隠してしまう霞。貫之の歌は春歌下に入っているのだが、どこか恋の歌のような情感を漂わせている。そのことを思うと、前川佐美雄は「ふるさと・大和」への恋にも似た思いを表現したくて、「たなびく霞」でなくあえて「隠す霞」を選択したのではないか、という気がしてくる。歌集『大和』の刊行は一九四〇（昭和十五）年。日中戦争から第二次世界大戦へ、そして日独伊三国同盟へと進む時代の圧力の中でこの歌集が世に出たことを考え合せると、「霞の奥の珠玉の大和」に対する作者のいつくしみと悲しみがいっそう胸に迫ってくる。

さて、春の歌が二番続いたが次は季節の歌からちょっとはずれてみたいと思う。初めに記したように、時代順やテーマ別にせずに思い付くまま題を決めて書いてゆこうと考えている。第三番は、母から娘への挽歌を選んでみた。

〈第三番〉　亡き子

とゞめおきて誰《たれ》をあはれと思《おも》ふらん子《こ》はまさるらん子《こ》はまさりけり
和泉式部《いずみしきぶ》『後拾遺集』哀傷

うつそ身は母たるべくも生れ来しををとめながらに逝かしめにけり
五島美代子《ごとうみよこ》『母の歌集』

和泉式部は恋歌の名手といった印象が強いが、じつは心に沁みる挽歌を多く残した歌人でもある。すなわち、愛する者との永遠の別れをいくつも経験した表現者なのである。

最初の夫である橘道貞と離別して式部は冷泉院の第三皇子弾正宮為尊親王《だんじょうのみやためたか》のもとに走るが、間もなく親王は急逝。一年を経ずして為尊親王の弟の帥宮敦道《そちのみやあつみち》親王との新たな恋愛関係がはじまる。二人の間に皇子も誕生して仲睦まじい日々を送っていたが、あろうことかこの帥宮までもが二十七歳の若さで亡くなってしまう。結ばれてから五年にも満たなかった。

打ち重なる不幸に沈んでいた式部だが、折しも宮中では藤原道長の娘の彰子《しょうし》が一条天皇の皇子を出産、彰子のサロンをさらに華やがせるべく才気あふれる女房を求めていた時期であった。名だたる女流歌人として、あるいは恋多き女としてもすでに知られていた式部は、道長の要請を受けて彰子のもとに出仕することになる。『源氏物語』の作者の紫式部もすでに彰子のもとに出仕していたので、当世風に言えば紫式部と和泉式部は同じ職場の先輩後輩に当たるわけである。

和泉式部と橘道貞の間には二人の子があったが、第一子が小式部内侍《こしきぶのないし》である。中宮彰子に出仕することになったとき和泉式部は三十代前半。娘の小式部は十歳くらいであった。彼女はこの娘を同伴するかたちで出仕している。紫式部が娘の賢子（のちの大弐三位）を里に置いたまま宮仕えをしていたのと対照的。公私のけじめに関して、紫式部は厳格で和泉式部のほうは大らかだったのか、と想像できる。それとともに、夫や恋人との男性運の薄かった和泉式部は、娘との絆にとりわけ強い思いをかけていたようで、いじらしいような気もする。最愛の娘・小式部は早熟で利発な少女だったらしい。異性の心を惹く女性でもあったらしく、二十歳くらいで道長の三男・教通の子を生んでいる。ということは、道長と和泉式部は共通の孫を持ったのだ。このとき両者の間には、

嫁の子の子ねずみいかがなりぬらんあな愛《うつく》しとおもほゆるかな
道長『和泉式部集』

君にかく嫁の子とだに知らるればこの子ねずみの罪かろきかな　和泉式部　同右

というほほえましい歌が交わされている。この贈答歌については「短歌研究」二〇〇八（平成二十）年一月号の随想でフランス文学者の與謝野文子も触れており、印象深く読んだ。

教通には正室がおり正室との間に子もあった。そこに後から小式部が加わったわけだが、道

長の歌では「嫁」という言い方によって小式部をファミリーの一員として認めていることになる。そのうれしさが、和泉式部の返歌の「嫁の子とだに知らるれば」にあふれ出ていよう。

順風満帆な母子の生活と思われたが、幸せはまたもや突然に崩れ去る。一〇二五（万寿二）年、参議藤原公成の子を生んで間もなく小式部は命を落としてしまう。このときまだ二十代半ば。娘の死を嘆き悲しんで和泉式部の詠んだのが掲出歌の、

とゞめおきて誰《たれ》をあはれと思《おも》ふらん子《こ》はまさるらん子《こ》はまさりけり

である。

歌意は〈この世に愛する者を置いて逝ってしまった娘は誰に対して最も心を残しているのだろうか。親だろうか、子だろうか。やはり子のことをよりいっそう気がかりに思っていることだろう。きっとそうにちがいない〉。

「思ふらん」「まさるらん」の「らん」は現在推量の助動詞。あの世に行ってしまった娘になりかわって心情を思い描いている。早世した小式部の無念と彼女の幼い遺児のつらさに比べれば、母である自分の悲しみなど小さなものだ、そう言い聞かせながら必死でみずからの気持ちを立て直そうとしている姿がうかがえる。何といっても胸を打つのは「子はまさるらん子はまさりけり」の箇所の、推量に断定を覆いかぶせたような切迫したしらべである。けっして鮮や

かとは言えない、むしろよろめくように繰り返された語の連なりが、身も世もない絶望を表している。

もちろん、為尊親王や敦道親王への挽歌にも真情のこもった作品はある。敦道親王の死後に詠まれた、

夢にだに見であかしつる暁の恋こそ恋のかぎりなりけれ　『和泉式部集』

はとりわけ胸に迫る一首。もう夢にさえ現れてくれなくなった亡き人。知らぬ間に忘却の彼方に流されてゆく慕情を嘆きつつも、その理を「恋のかぎりなりけれ」と言い切ったところに断念のかぐわしさが漂う。悲しいけれど甘美なのである。だが、娘の死を詠んだ「とゞめおきて」の歌には艶な残り香は微塵もない。かなうことならあの世まで追いすがってゆきたい、という一途な愛情があるばかり。ここに和泉式部の人間性が匂い立ってくる気がする。

さて、現代歌人で母から娘への挽歌と言えば、五島美代子であろう。一九五三（昭和二十八）年刊行の『母の歌集』は第一子を身籠って胎動を感じた日の喜びの歌からはじまる。やがて、長女ひとみの誕生。一九二六（大正十五）年四月のことであった。夫である茂（歌人で西洋経済史を専攻する学者）の留学に伴い、一家三人での二年間の英国滞在。次女いづみの誕生。戦争が激化する日々においても美代子は夫とともに歌誌「立春」を創刊、さらに合同歌集

『新風十人』に参加するなど精力的に活動を続けた。

そして終戦。成人した長女は東京大学文学部に入学する。東大が正式に女子学生を受け入れるようになったのは昭和二十一年、わずか十九名の入学者であった。長女ひとみが入学したのは二十三年だから、まさに狭き門を突破しての栄冠であった。新しい時代にこそ女性は果敢に学んで広い世界を知るべし。暗い戦中体験を経て身をもって教育の重要性を知った美代子は、いかばかりの誇らしさをもって長女の姿を見守ったことだろう。もともと向学心が強く、結婚前に東大文学部の聴講生、研究生として学んでいたことのある美代子は、長女の入学を機に自分も再び講義を聴講するべく東大に通いはじめる。このあたりの様子は、娘ともども中宮彰子に出仕した和泉式部母子を思い出させる。むろん、艶名を馳せた式部親子とは違って五島美代子とひとみはひたすら学ぶことの充実感の中にある。時には社会的な問題で議論し合ったり、また時には姉妹のように睦み合ったり。それは昭和二十年代の知識階級を象徴するうるわしい母子の理想像だったと思う。

現代でもいっしょに買い物したり旅行したりする親友さながらの母と娘はいる。二卵性母子と呼ばれる親子関係は増加の傾向にあるらしい。ただ、五島家の場合はあまりに母の愛情が深く、娘が純粋であったがゆえに、息苦しかったのではないかと推察する。戦後とは言ってもまだ旧弊な考え方の残っていた時代。「女性は大学になど行かなくていい」と主張する親もずいぶんいただろうと思う。むしろそういう頑迷な親のもとに育ったほうが楽だったかもしれない。一方的に抑圧してくる親ならば子のほうも反発しやすい。けれども美代子のように子の可能性を何よりも大切にしながらも子から離れない母、というのはかなり重かったのではなかろうか。一般論としてだが、母親は自分の果たせなかった夢を娘に背負わせてしまうところがある。

一九五〇（昭和二十五）年、ひとみは自死する。掲出歌の、

うつそ身は母たるべくも生れ来しををとめながらに逝かしめにけり

は愛娘の死の衝撃さめやらぬ中で詠まれた一首である。健やかに育った娘、これから結婚をして子を生んで母になる人生が待っていたはずなのに、まだ乙女のまま死んでしまった、と詠んでいる。「逝かしめにけり」が心に痛い。母である自分が護ってやれなかったためにみすみす子を死なせてしまった、と自責の念に駆られているのだ。そしていっそう切ないのは、「母たるべくも生れ来しを」と、母になっていたかもしれない娘の将来をなおも思い描いているところである。和泉式部もそうだったが、単に母から娘へという流れにとどまらず、さらに娘からそのまた子へと続くはずだったいのちの連鎖に思いを致している。そこに、女親だからこその逆縁の痛ましさを読み取ることができる。

老い

歌合せの第四番を書くにあたって、どのような題のもとにどのような歌を対にしようか、と考えてみた。和歌のほうも現代短歌のほうも、もちろんすぐれた歌を採り上げたい。それとともに、作品一首一首というよりも「この歌人にはぜひ登場してもらいたい」という、人物そのものへのこだわりもある。

今回採り上げる平安時代の歌人・伊勢と現代短歌の第一人者・齋藤史もそういった敬愛の対象。詳しくは後述するが、二人の共通点を一口で言えば〝強くて、しかもたおやか〟ということになるであろうか。ひじょうに気分的な言い方になって恐縮だが、男性からはもとより女性からとりわけ好かれる女性歌人、と言い替えてもよいかと思う。気っ風のよい女性、いわばハンサムウーマンといった感じだろうか。二人をつなぐ魅力について、老いの歌を通して探ってみたい。

〈第四番〉 老い

なにはなるながらの橋《はし》もつくるなり今はわが身をなににたとへむ
伊勢《いせ》『古今集』雑体

山坂を髪乱れつつ来しからにわれも信濃の願人《ぐわんにん》の姥
齋藤《さいとう》 史《ふみ》『ひたくれなゐ』

伊勢（生年は八七二年頃で没年は九四〇年頃）は『古今集』『後撰集』『拾遺集』のそれぞれに収載されている歌が女性では第一位。三十六歌仙の一人に数えられ、平安期を代表する女性歌人である。『古今集』では小野小町と並び称されている。

難波潟《なにはがた》みじかき蘆《あし》のふしのまも逢《あ》はでこの世《よ》をすぐしてよとや『新古今集』恋一

伊勢の歌の中では百人一首でも有名なこの作品が好きだが（ただし伊勢の作ではないという説もある）、それでもどちらかといえば歌そのものは伊勢より小野小町のほうに惹かれる部分が多い。小町の歌は、

思ひつつ寝《ぬ》ればや人の見えつらむ夢と知りせば覚《さ》めざらましを『古今集』恋二

この歌が端的に表しているように、技巧を凝らしつつも婀々としてつかみどころがない。内向しがちな物言いが余情を醸し出す結果となり、こまやかな心情の襞を感じさせる。それに対して伊勢の歌は恋に限らず季節や雑の歌においても、もっと堂々としている。押し出しがよいのである。それは伊勢が長らく宇多天皇の女御・温子《おんし》（のちの七条の后）に仕えて、サロンの中心人物として晴れの場で活躍したことと無縁ではないだろう。伊勢はまだ二十代の頃から屏風歌を詠んでいたようである。屏風歌とは屏風絵の賛として詠まれた歌。サロンの人々は絵画と歌と歌の筆跡とを一体化して鑑賞し、なおかつ屏風歌を声に出して読み上げ、そのしらべの美しさをも楽しんだ。屏風歌の作者はまさにプロ中のプロ。才能の豊かさはもちろんだが、かなりの度胸も要求される。

伊勢はきっと胆の据わった女性だったのだろう。歌人伊勢を思うとき、私は作品よりもその生き方のほうに魅力を感じるのである。伊勢守や大和守を歴任した藤原継蔭を父にもつ彼女は、十七、八歳で温子のもとに仕えるようになった。そして、このことが伊勢の生涯を決定付ける。出仕するやたちまち貴公子たちの心を奪った彼女は、温子の弟の藤原仲平、そののち兄の藤原時平と恋愛関係を持つ。時平、仲平兄弟は関白太政大臣藤原基経の息子。権門の御曹司である。その二人から熱烈な求愛を受けたのだから羨ましい限りである。

だが、これだけにはとどまらない。さらに、伊勢は宇多天皇の寵を受け、やがて皇子を産む

（ただし、その子は十歳に満たずして死去）。宇多天皇の后の温子に仕える身でありながら、主《あるじ》の温子を差し置くかたちで宇多天皇に愛されたことになる。現代の私たちから見ると驚くばかりだが、当時の貴族社会ではあながち特殊なこととも言えないようだ。たとえば『源氏物語』の「末摘花」に中務《なかつかさ》という琵琶の上手な女房が登場する。葵の上（光源氏の正妻）に仕える身だが、光源氏の寵愛を受けていることが記されている。雇い人にしてしまえば情を交わしても構わない、ということだろう。よほど身分の高い女性の場合は別だが、そうでなければ女のもとに忍んで通うよりも召使いにしてしまったほうが問題がなかったわけである。

とは言うものの、人には心があるから温子としては伊勢を疎ましく感じても不思議ではなかったはず。それなのに、伊勢が皇子を産んだのちも両者はあたたかな絆で結ばれている。二人は同じくらいの年齢であったろうと推測される。主従の間柄を越えた信頼感は、ときには友情にも似ていたのかもしれない。温子のやさしさ、そして男の気持ちも女の気持ちもそらさぬ伊勢の聡明さがうかがえる。

出仕して二十年近く、伊勢と青春をともに歩んだ温子だが九〇七（延喜七）年に三十六歳で亡くなってしまう。その後の伊勢は名高きプレイボーイ敦慶親王（宇多天皇の第四皇子）の寵を受け、中務を産む。すでに四十歳近くなっていたと思われるが、相変わらず華やかである。公的にも亭子院《ていじいん》歌合や春日歌合などの晴れの場で活躍。屏風歌も多く残しており、七十歳くらいまで生きたと思われる。まことに充実した一生と言えるが、そんな才色兼備の歌人にも老い

を自覚するときが訪れた。掲出歌、

なにはなるながらの橋《はし》もつくるなり今はわが身をなににたとへむ

はそんな折の一首。

淀川河口の長柄《ながら》の橋は朽ち崩れており、老いた身をたとえるときの歌枕になっていた。掲出歌の歌意は次の通り。

〈難波のあの古びた長柄の橋も作り替えると聞きました。新しい橋ができてしまったら、老いたわが身を何に託したらよいかしら〉

『古今集』では雑体に収められていてややおかしみのある老いの嘆きと捉えられているようだ。「なには」「ながら」「なり」の「ナ」の音の響きや、「ア」を母音に持つ語の多用によって明るい雰囲気が漂うことから、嘆きといえども余裕を感じさせるのかもしれない。だが、あの晴れの歌人・伊勢が「今はわが身をなににたとへむ」と心細そうに詠んだとき、そこには失われてゆく古きなつかしきものへの愛惜がこもっていて、胸に沁みるものがある。

この歌の解釈については丸谷才一の小説『輝く日の宮』（講談社）に興味深い言及がある。主人公の国文学者・杉安佐子が「つくるなり」は「作るなり」か「盡くるなり」かをめぐって語るくだりである。「作るなり」説を主張してきたのは契沖や本居宣長。一方の「盡くるなり」は北畠親房や賀茂真淵。さて、どちらが正しいでしょう、と主人公は考える。ヒントは、推定や伝聞を示すとき助動詞「なり」は動詞の終止形を受ける、という点。「作るなり」は終止形「作る」に「なり」が付いているから問題はない。だが「盡くるなり」は連体形に付いているから変だ。連体形に接続する「なり」は断定を示すので、これだと〝尽きて（壊れて）しまった〟ということになる。〝尽きたそうだ〟という伝聞にするなら「盡くなり」とすべきだが、そうなっていない以上「作るなり」が正しい。すなわちそう結論付けられるわけである。

小説の中で安佐子が「藤原時平が夢中になつて言ひ寄つたり、宇多天皇の寵愛を受けたりした才色兼備の女で、娘があの歌人中務。さういふ人ですから、あたしたちとは違ふ。文法間違へるなんて不可能。ですからこれは『作るなり』……新しく作るといふ噂を耳にした、なんです」と明快に読み解いている点に納得しきりである。

また、「長柄の橋」と聞いてもう一つ思い出すのは『袋草子』に収められている平安中期の歌人・能因の歌説話。あるとき藤原節信《ときのぶ》と出会った能因は懐中から袋を取り出し「ご覧に入れたいものがあります」と一筋の鉋屑を引き出した。「これこそ長柄の橋を作ったときの鉋屑です」と誇らしげに見せた、というのである。これだけでもマニアックというか思い込みが強すぎるというか、ずいぶん滑稽な逸話だが、なおも呆気にとられるのは、節信のほうも懐中から何やら紙に包んだ干物を取り出して「これも名高い山城の歌枕・井出の川の『蛙』の干物です」と自慢したことである。このとき能因の心に伊勢の「なにはなるながらの橋も」の歌が刻み付けられていたことは想像に難くない。能因は伊勢よりも百年余りのちの歌人だが、かなり伊勢に心酔していたようだ。『俊頼髄脳』には、伊勢を敬愛する能因が、伊勢の旧宅の前を通りかかった際にわざわざ車から降りて歩いて通った、という説話が記されている。いわゆる「数奇《すき》のこころ」ということだが、純粋でいい話だなあ、と思う。百年以上を経てもこれだけのオーラを持っていた伊勢という歌人の凄さをあらためて感じたことである。

さて、もう一方は齋藤史の歌、

山坂を髪乱れつつ来しからにわれも信濃の願人《ぐわんにん》の姥

である。歌集『ひたくれなゐ』は一九七六（昭和五十一）年刊行で、掲出歌を含む「修那羅峠」一連は一九七〇（昭和四十五）年の作品。史は六十代になったばかりということになる。「信濃の願人の姥」の「姥」は老婆という意味だが、老いというにはいかにも早すぎる自覚のように思われる。ただし、史は母の介護をする日々の中で女の老いというものに早くから直面していたし、また居住する長野の風土性との関連から「山姥」「姥捨」「姥」などの語をあえて用いる傾向が強かった。

雪被《かづ》く髪とも姥の白髪とも夜の道を来しみづからの貌《かほ》

つゆしぐれ信濃は秋の姥捨のわれを置きさり過ぎしものたち

といった歌も『ひたくれなゐ』には見られる。

掲出歌の「願人の姥」は単なる山姥とは違う。山姥は深山に住む鬼女であるのに対し、願人の姥は僧籍に入ろうとするが果たせぬ者のことで、人に代わって願かけの修行をする貧しい僧の姿を彷彿とさせる。「修那羅峠」一連には「信州東筑摩郡修那羅峠に、土地人の刻める小さな石の像、石のほこら、かつては千二百体あまりありき。ぬすまれて今は、八百体あまり――」と詞書が付されている。遠き世の願人たちに成り代わって詠んだ、という設定がうかがえ、物語仕立ての歌群と言えるのだが、しかし「われも信濃の願人《ぐわんにん》の姥」という語調にはみずからに言い聞かせているような実感がこもっている。

軍人の娘として生まれた史は、父の転任に伴って東京、旭川市、津市、小倉市などに移り住んだ。終戦間際の一九四五（昭和二十）年三月末に父・齋藤瀏《りゆう》の故郷である信州へ疎開。戦後もこの地を動かず父母と夫の最期を看取り、九十三歳で亡くなるまで住み続けた。終の棲家となった信濃だが、史がここを定住の地と本当に考えていたかどうかは疑問が残る。

定住の家をもたねば朝に夜にシシリイの薔薇やマジョルカの花　　『魚歌』

と第一歌集で詠まれたシシリイやマジョルカと同様、信濃も現実でありながらどこか未知の異国めいた場所として捉えられていたような気がする。掲出の「山坂を」の歌や、

これよりはまさに一人の下り坂すこし気ままに花一枝持ち
風のやから冬の奈落に荒ぶとき老女撩乱として吹雪かれつ
ひらひらと峠越えしは鳥なりしや若さなりしや声うすみどり

『ひたくれなゐ』の十年後に刊行された歌集『渉りかゆかむ』所収のこれらの歌を読んで、ふと私は村田喜代子の小説『蕨野行《わらびのこう》』(文藝春秋)を思い出した。『蕨野行』は古くからある棄老伝説を踏まえつつ、架空の時代の架空の村を設定して、「六十歳を越えた男や女は蕨野という丘に捨てられる」という掟をめぐる人間模様を描いた物語である。蕨野に追いやられた男や女は「ワラビ衆」と呼ばれて自給自足の生活を送ることになるのだが、このワラビ衆たちは全然枯れていない。知恵もあり技もあり生への執着心もある。主人公のレンをはじめとする九人のワラビ衆は、捨てられたといっても朝になると橋を渡って里にくだり、農作業の手伝いなどをする。その見返りとして食べ物を得ることができるのだ。そして夕暮になると蕨野に戻って来る。また、里が飢饉に襲われて彼らの分の余裕がなくなれば、鳥や魚を捕獲して当然のように自活の道をひらいてゆく。じつに逞しい。それでいて生や老や死を従容として受けとめる覚悟

を持っている。

川底は浅く、透けた水面から川底が見える。セリが川底を埋めて繁り、小魚が泳ぐなり。きのう今日の陽気には、川はとろとろと飴のごとく光りて有り。この小さえ川であるとも、深代川はおれだちワラビには約定の川にて、丸木橋は生死の境を敷切る橋なりか。朝は世に生まれる心地して里へくだり、夕にワラビ野へむいて帰りくるときは、命果てて冥府へ参る心地せるなり。

『蕨野行』の一節を紹介してみたが、文語を駆使した文体は比類なくうつくしい。定命とか天命というと途端に堅苦しくなってしまうが、もっと自然体でいのちの輪廻に身を任せようとする自在感が伝わってくる。

この毅然とした自在感こそが、老いへと向かう寂寥の芯に枯れることのない華やぎをもたらす源泉ではなかろうか。さらにどこかノマド（流浪の民）めくノスタルジーが背後に湛えられていることにも惹かれる。その不思議な味わいは、平安時代の伊勢の歌にも現代の齋藤史の歌にもありありと流れているのである。

忘れず・あやめ

第四番では、伊勢と齋藤史という豪華な顔合せにしてみた。〝ぜひこの歌人を登場させたい〟という気持ちの続きで言えば、馬場あき子もその筆頭。そこで、馬場の歌の中から何首かテーマ別に惹かれる歌を抄出し、さて誰のどのような歌と対決させようか、と思案してみた。馬場の相手なら女性では小野小町か和泉式部か式子内親王か。男性ならば藤原定家か、いや西行のほうがふさわしいか、などとあれこれ空想しつつ、それは思いのほか楽しいひとときであったのだが、結果として、馬場あき子作品の対《つい》には「よみ人しらず」の歌を選んでしまった。

本来の歌合せなら、よみ人しらずの歌を混ぜるなど考えられないこと。だが、そこは気ままわがままな歌合せなので、なにぶんお許しいただきたい。それに、よみ人しらずの歌はけっして作者有りの歌よりも低いところに位置するわけではない。『万葉集』全二十巻のうち巻一から六までは作者名や時代の知られた歌が集められているが、巻七以降になるとよみ人しらずの歌が混じり、さらに巻十三の長歌や巻十四の東歌になるとほとんどがよみ人しらずで構成されている。そして、これらの中に今も愛誦されている秀歌が少なくない。また、王朝の美意識の規範となった『古今集』にあっても、春歌下、夏歌、賀歌、恋歌一のそれぞれの巻頭歌をはじめとして、楔になる歌はどれもよみ人しらずである。侮るなかれよみ人しらず、というわけで次のような第五番の組み合せとなった。

〈第五番〉 忘れず

難波潟《なにはがた》漕ぎ出《づ》る船のはろはろに別れ来《き》ぬれど忘れかねつも

よみ人しらず『万葉集』巻十二―三一七一

忘れねば空の夢ともいいおかん風のゆくえに萩は打ち伏す

馬場《ばば》あき子《こ》『桜花伝承』

高校の古典の授業で『万葉集』を教わったとき、

父母が頭《かしら》搔き撫《な》で幸《さ》くあれて言ひし言葉《けとば》ぜ忘れかねつる

丈部稲麻呂《はせつかべのいなまろ》『万葉集』巻二十‐四三四六

この歌に心を惹かれた。防人に行く折りの父母との別れの場面。無事を祈って頭を撫でることは当時の習わしであったらしいが、現代にも通ずる思いのこもったしぐさである。「幸《さ》くあれて」は「幸《さき》くあれと」、「言葉《けとば》ぜ」は「言葉《ことば》ぞ」という意味。東国の方言をそのまま用いた言葉遣いに素朴な実感がにじんでいる。加えて、いいなあと思ったのは結句の「忘れかねつる」。「忘れられざる」とか「忘れがたかる」ではなく、「忘れかねつる」の重さが心に響く。「忘れかねつる」は「忘れかぬ（忘れがたい）」に強意の助動詞「つ」が接続し、さらに連体形になったもの。いかにも忘れられないという執念にも似た思いがこもっていて、印象深い。初句から切れめのないしらべで詠んできて、最後の最後に「忘れかねつる」が置かれていることも心情の厚みを湛えている。

今回、この歌と馬場の「忘れねば」の歌を対にしようかと最初は思っていた。しかし、できれば『万葉集』の〝忘れない〟系の歌の中でもっと恋のニュアンスを湛えた一首のほうがいいな、と考え直した。『万葉集』には「忘れかねつる」「忘らえなくに」「忘らえめやも」などの粘りのある〝忘れない〟表現がある。それらの中で〝忘れない〟という意思表示が結句に置かれていて、しかも恋の情感を纏っている歌を選んだら、掲出のよみ人しらずの一首になった。

掲出歌の、

難波潟《なにはがた》漕ぎ出《づ》る船のはろはろに別れ来《き》ぬれど忘れかねつも

は巻十二の羇旅発思にある。ここには旅に出た男が家や妻を思う歌が並んでおり、この歌も難波潟（今の大阪湾あたり）に漕ぎ出した男の思いと解せられる。舟が進んでゆくほどにはるかに広がる海原。海の果てなさのように、もう遠い人だと別れてきたはずなのに、やはり忘れられない、と詠んでいる。歌の腰の部分にあたる「はろはろに」が良い。〝はるばると〟という意味だが、清音の「はろはろ」によって遥かさとはかなさが同時に醸し出されている。「はろはろに」を介して初句から二句までが序詞として四句目以下に掛かるかたちになっている。先述の防人の歌と同様にこの歌もしらべに切れめがなく、それでいて「はろはろに」で膨らみを出したり「別れ来ぬれど」という逆接で屈折感を添えたりして歌空間に重層性が感じられる。そして、結句「忘れかねつも」がやはり素敵だ。「忘れかねつ」に詠嘆を示す終助詞「も」が付いて、切ない恋心がいよいよ深まっている。無骨で重厚。結句の「忘れかねつも」は本当に魅力的である。

『万葉集』ならではのこうした素朴な情感を愛する一方、掲出の馬場作品の、

忘れねば空の夢ともいいおかん風のゆくえに萩は打ち伏す

における〝忘れない〟心の優美さもまた鮮やかに記憶に残る。「忘れねば」を初句にもってきたのがこの歌の眼目であろう。『万葉集』では結句にあって存在感を示していた〝忘れない〟であるが、初句に来たことで全く違った表情を見せている。

忘《わす》れじの行《ゆ》く末《すゑ》まではかたければけふを限《かぎ》りの命《いのち》ともがな
儀同三司母《ぎどうさんしのはは》『新古今集』恋三

忘《わす》れじのことの葉いかになりにけんたのめし暮《くれ》は秋風《ふ》ぞ吹く
宜秋門院丹後《ぎしゆうもんいんのたんご》　同右　恋四

といった王朝の女性歌人の艶なる情念が馬場の歌の「忘れねば」に通い合っていよう。また、『閑吟集』の「思ひ出すとは　忘るるか　思ひ出さずや　忘れねば」の一節がそのまま初句「忘れねば」に生かされている。さらに、

月はのぼる紫紺の空に忘れねばわすれねばこそ思はずナチス
塚本邦雄《つかもとくにお》『されど遊星』

塚本邦雄にもこんな衝撃的な一首がある。
それからもう一つ、馬場のこの歌を読むと私はいつも立原道造詩集『萱草《わすれぐさ》に寄す』に収められたいくつかの詩の一節を思い出すのである。断片的にではあるが、引用してみよう。

夢は　そのさきには　もうゆかない
なにもかも　忘れ果てようとおもひ
忘れつくしたことさへ　忘れてしまつたときには
「のちのおもひに」

夜が火花を身のまはりに散らすとき
私は夢をわすれるだらう　しかし
夢は私を抱くだらう
「夕映の中に」

私らは別れよう……別れることが
私らの　めぐりあひであつた　あの日のやうに
いまも　また雲が空の高くを　ながれてゐる
「黄昏に」

詩集のタイトルになっている萱草はユリ科の多年草ヤブカンゾウのこと。古典では「忘れ草」と呼ばれている。立原道造詩集はタイトルが象徴するように、忘却と追憶をテーマにしている。道造の言葉の背後に流れる初々しい詩心が、馬場の歌ではもう少し臈《ろう》たけた風格を纏って捉え直されている。「風のゆくえに萩は打ち伏す」と詠まれた萩の花の乱れは、嘆きに身を伏せる女人の黒髪の乱れとも重なって、まことにあえかに感じられる。「空の夢とも」と虚空へ向かって投げかけられた視線が結句で打ち伏す萩へと回収されるところにも、たおやかな「思慕の曲線」を読み取ることができる。

歌集『桜花伝承』は一九七七（昭和五十二）年刊行の第五歌集。第三歌集『無限花序』の頃からとりわけ意識的に古典と現代を架橋させながら脈々たる流れとして女の歌の世界を描いてきた馬場だが、本歌集はその到達点と言える一冊。掲出の一首は巻頭歌である。初句「忘れねば」には張り詰めた弦がピンと震えて鳴りはじめるときの戦《おのの》きと、その反面の大胆さが秘められている。いわば時代を越えて、恋する女性が美しく保ち続けた心の炎である。そう考えると、馬場の一首もまた、よみ人しらず的な普遍性を持つと言ってよいのかもしれない。

さて、次は第六番。引き続き、よみ人しらずの歌と馬場あき子の歌を組み合せてみたいと思う。

〈第六番〉　あやめ

郭公《ほととぎす》鳴くや五月《さつき》のあやめぐさあやめも知らぬ恋もするかな
よみ人しらず『古今集』恋一

あやめのあめ闇に無限にそそぐ夜の三千世界の対人地雷
馬場《ばば》あき子《こ》『ゆふがほの家』

掲出の『古今集』の歌は、恋の部の巻頭歌である。恋歌一から五までの三百五十首余りは、初々しい恋からはじまって、親しくなり男女の関係をもち、別れてのちに相手を思い、そして完全に離れて行く、という恋の経過に沿って並べられている。各巻の巻頭歌だけあげてみても、恋歌一の巻頭の掲出歌をはじめとして、

思ひつつ寝《ぬ》ればや人の見えつらむ夢と知りせば覚《さ》めざらましを
小野小町《おののこまち》　恋二・巻頭

起《お》きもせず寝《ね》もせで夜《よる》をあかしては春のものとてながめくらしつ
在原業平《ありわらのなりひら》　恋三・巻頭

陸奥《みちのく》の安積《あさか》の沼の花かつみかつ見る人に恋《こ》ひやわたらむ

月やあらぬ春や昔の春ならぬわが身ひとつはもとの身にして

よみ人しらず　恋四・巻頭

在原業平　恋五・巻頭

と名歌揃いである。さらに言えば、恋歌五の巻末の歌、すなわち恋の部の締めくくりの一首も味わい深い。

流れては妹背《いもせ》の山のなかに落つる吉野《よしの》の河のよしや世の中

よみ人しらず　恋五・巻末

吉野川は流れ下って妹山と背山の間を割る急流になる。そのように二人の仲も割かれてしまうけれど、仕方がない。男女の縁とはそういうものだ、と詠んでいる。四句目までが「よしや」を導き出す序詞の働きをしており、「吉野」から「よしや」「世の中」への「よ」の音が、さながら川の流れのように軽やかにころがる。軽みの中に意外に哲学的な深さを秘めた歌。いかにも大人の恋の歌と言ってよいだろう。

ところで、掲出の、

郭公《ほととぎす》鳴くや五月《さつき》のあやめぐさあやめも知らぬ恋もするかな

の歌はそういった錚々たる恋歌の第一番目に置かれているのだから、選び抜かれた一首と考えられる。ここで詠まれている「あやめ」はサトイモ科のショウブ。長い剣状の葉を持ち、強い香気が邪気を払うとして端午の節句には軒に挿して薬玉とされた。ちなみに、あやめ草と花菖蒲とは別種である。『万葉集』にも巻三の挽歌に収められている山前王《やまくまのおおきみ》（あるいは柿本朝臣人麻呂が作ともある）の長歌の一節に、

ほととぎす　鳴《な》く五月《さつき》には　菖蒲草《あやめぐさ》　花橘《たちばな》を　玉に貫《ぬ》き　かづらにせむと

『万葉集』巻三-四二三

とあり、ほととぎすとあやめ草との取り合せは五月を象徴するものだったことがわかる。『古今集』のこの歌は「郭公鳴くや五月のあやめぐさ」という季節の典型を上句に置きつつ、下句で情景を心情へと転化させたところが見事である。植物のあやめと「文目」（道理、分別）を掛けて、下句では〝私は分別を忘れるほどの夢中の恋をしていますよ〟と詠嘆している。恋歌の一首目なので情念のドロドロではなく、恋に恋するときめき、といった感じに近いだろうか。「あやめも知らぬ恋」などと言いながら、案外醒めた目でみずからを観察しているような

涼しさもうかがえる。その一方で、「五月」は旧暦五月だから五月雨の湿っぽさに包まれ、さらにあやめは泥地に生えることを思い合せると、鬱々とした混沌もこの歌には湛えられている気がする。

この歌について先日、興味深い論考を読んだ。「心の花」二〇〇八（平成二十）年五月号、森朝男の連載「古歌を慕う」の第八十六回「変形」である（この連載は二〇一一年に『古歌に尋ねよ』（ながらみ書房）として刊行された）。一部分を引用してみたい。

この歌につき、五月は農繁期で妻問いもままならぬから、男も女もあやめ（ものごとの節目）も分かぬほどの狂おしい恋情を抱かされるのだという解釈がある。夏は宗教的にも禁欲の季節だったと説く向きさえある。この優美で技巧的な歌の原テキストに、庶民的な農耕・信仰生活の歌を想定しうるかどうか。（中略）案外この貴族的な恋の歌にも、奥の奥に、失われた夏の恋のバラッドが潜んでいた可能性はあるのではないか。恋の激しさを草木の繁茂に譬えた表現が和歌に多いのも、それを想像させないではない。そう考えた方が、一行三十一文字の詩情は底の深いものになってくる。

「失われた夏の恋のバラッドが潜んでいた可能性」というみずみずしい指摘に惹きつけられた。景と情の対置、などという『古今集』的枠組で括ってしまうのでなく、そこに農耕生活につながる肉体的欲求を絡めながら読んではどうか、という提言。じつに斬新である。修辞の妙の際立つやや線の細いこの歌がたちまちボディを持った一首として屹立してくるようだ。あやめは根が長く、また葉は馬でさえ口にしないほど不味いとも言われる。むしろ野趣に富む植物なのかもしれない。そんな気がして、ますますこの歌が好きになった。

さて、馬場の歌、

あやめのあめ闇に無限にそそぐ夜の三千世界の対人地雷

のほうは第二十一歌集『ゆふがほの家』所収の一首。二〇〇一（平成十三）年九月十一日のニューヨーク同時多発テロとそれに続くアフガニスタンやイラクへの報復攻撃。重苦しい世界情勢の中で詠まれた「泥を渡る」一連に入っている。

それにしても、心憎いばかりに緻密に起承転結が構成された一首である。「あやめのあめ闇に無限にそそぐ夜の」までは王朝和歌の情感をたっぷりと纏った表現。『古今集』の「あやめも知らぬ恋」の盲目的な一途さを彷彿させる。それとともに、『古今集』のこの歌を本歌取りした、

うちしめりあやめぞかをる郭公《ほととぎす》なくや五月《さ》の雨の夕暮《ゆふぐれ》

藤原良経《ふじわらのよしつね》『新古今集』夏歌

の濃厚な空気の質感をも備えている。だが、そんな纏綿たる上句の情緒を振り切るように四句目で突然「三千世界」が出現するのだ。三千世界は仏教の用語で三千大千世界とも言う。いわば広大な大世界、全宇宙という意味。「闇に無限にそそぐ夜の」の「無限」と響き合うかたちで「三千世界」が導き出されているのだが、あやめに降る雨という典雅な景から一気に三千世界へ発想を飛ばすところが凄い。さらに凄いのは結句。まさかここで「対人地雷」が出てくるとは、誰が想像できるだろう。ただ、もう一度ゆっくりと一首を読み返してみると、作者の目線はつねに低く設定されており、あやめの香気や凛々しさよりもあやめを育む泥の暗さに向かっていることに気付く。一連には、

底深い怖れと背中合せの夢アメリカの狐泥《でい》を渡れり
あやめの花はらりとほどけあかつきの沼は動けり音なき息に

といった歌もあり、非人道的な対人地雷への作者の強く静かな憤りを伝えてくる。また、地下生活とか潜伏とか逃亡といった行為の持つまがまがしさが一連の基底にひたひたと流れていることがわかる。

農耕民族の身体的欲求を「あやめも知らぬ」に見る森朝男の言及。対人地雷の恐怖を「あやめのあめ」から引き出す馬場あき子の第六感。どちらも極めて個性的かつ魅力的である。そして、あらためて思う。千百年以上を隔てた二首の歌であるが、あやめの情感を通して文目なき人間の心の闇に迫っている、という点でじつはひじょうに近似した歌と言えるのではないか、と。

北

奈良、平安、鎌倉時代などの和歌や物語や随筆を読んでいると、当時の生活様式や習俗についてだんだんとわかってくる。正月の祝いや雛祭りや七夕といった（呼び名は違っても）現代にも残っている行事もあるが、今では全くピンとこない慣わしに出くわすことも多い。「方違《かたたが》え」はその最たるものの一つであろう。これは陰陽道の習慣で、忌むべき方角に出掛けるときは直接向かわず、前夜に吉方にある家に泊まり、そこから目的地に向かうことをいう。『源氏物語』の「帚木」には宮中の宿直所で貴公子たちと女性談義にふけっていた（いわゆる「雨夜の品定め」）光源氏の翌日の行動が描かれている。正妻・葵の上のいる左大臣邸を久々に訪れたもののどうも打ち解けられぬまま、さてどうしようか、と考えているくだりに、次のような表現が出てくる。

暗くなるほどに、「今宵《こよひ》、中神《なかかみ》、内裏《うち》よりは塞《ふた》がりてはべりけり」と聞こゆ。さかし、例は忌みたまふ方《かた》なりけり。「二条院にも同じ筋にて、いづくにか違《たが》へむ。いとなやましきに」とて、大殿籠《おほとのごも》れり。

中神（天一神）は陰陽道の祭神で吉凶禍福を司っている。癸巳《みずのとみ》の日から十六日間は仏とともに天上中央にあるので、この間は人はどこへ移動してもよい。しかし己酉《つちのととり》の日に天から降り、以降五日ないし六日間ずつ八方に順次巡行してゆく。その期間は中神のいる方角を「塞がり」と称して忌み、方違えをする、というわけである。その夜は内裏から見て左大臣邸も二条院の源氏の自邸も折悪しく「塞がり」に当たっていた。そのため、方角のよい誰かの家に泊めてもらわなければいけない事態になったのだ。結局このとき源氏は紀伊守の邸に行くことになる。泊まりに行くといっても供人を何人も連れての貴人のお成りなので、いきなり来られたほうもさぞかし迷惑なことであろう。紀伊守は左大臣家の配下なので歓待せざるを得ないのだが、こういったあたりも現代の我々から見ると面喰らう場面である。さらに、このときの方違えは深い意味を持つことになる。方違えのため訪れた紀伊守の別邸には紀伊守の父・伊予介の若い後妻（空蟬《うつせみ》）が来合せており、源氏と空蟬はこのとき一夜の契りを結んでしまうからである。そして、ここから空蟬の懊悩がはじまる。何と罪深く運命的な方違えの慣わしであろうか。

前置きが長くなってしまったが、そうした「方角」への特殊な思いを詠んだ歌を、第七番ではとりあげてみたい。

〈第七番〉北

北山にたなびく雲の青雲の星離れ行き月を離れて　持統天皇《じとうてんのう》『万葉集』巻二-一六一

北という語にさえ魔力ありし日の白樺を思う山のホテルに　佐佐木幸綱《ささきゆきつな》『瀧の時間』

持統天皇は天智天皇の第二皇女である。在位期間は六九〇年から六九七年まで。この歌は夫である天武天皇が亡くなったときに詠まれたものである。時は奈良時代。大和三山と呼ばれる天香具山《あまのかぐやま》、耳成山《みみなしやま》、畝傍山《うねびやま》にぐるりを囲まれ、平地を飛鳥川がくねりつつ流れる奈良盆地に都はあった。ここで詠まれている北山は、天武と持統が住んでいた飛鳥浄御原宮《きよみはら》の北に位置する天香具山であろうと思われる。天香具山にたなびく青雲が亡き天皇の魂として捉えられている。青雲は青い雲ではなく、また「青雲の志」といったときの晴れやかなイメージとも遠く、灰色がかった雲のことであろう。「青馬」が白または灰色の毛色の馬を指すことと同じである。

挽歌なのだがじつにスケールの大きな一首。下句「星離れ行き月を離れて」はスペースシャトルの飛ぶ現代に置き換えても通じるような壮大な視点から詠まれている。星や月は天体として描かれていると同時に、天武天皇の遺族である持統自身や草壁皇子を象徴する言葉でもある。いわば地上の星であり、地上の月である存在を表している。いかにも王者にふさわしい風格を備えた歌。個人の哀悼を越え、世を統べる者の普遍性を湛えた歌と言ってよいだろう。

かねてから好きな歌だったのだが、初句はなぜ「北山に」なのか、を考えてみた。飛鳥浄御原宮跡の北西には耳成山があり、西方には畝傍山があるのだが、真北に当たるのは天香具山。そして、天香具山と飛鳥浄御原宮跡を結ぶラインを南へまっすぐに延長すると、興味深い事実に行き当たる。蘇我馬子の墓といわれる奇怪な巨石「石舞台」や用途不明の巨石「酒船石《さかふねいし》」に到り着くのだ。この南北ラインは、やはり重要な意味をもっているはずである。

荒俣宏の著書『風水先生』（集英社文庫）は愛読書の一冊だが、その記述によれば風水（中国文化圏に属する人々の間に伝わる地相占い）が日本に伝来したのは欽明天皇の時代（五三九年から五七一年）であったという。風水を基にした天文、地理、方術（方位に関わる呪術）は蘇我氏を介して聖徳太子に伝わり、聖徳太子の手でいろいろな占術へと根付いていった。たとえば日本人の僧を唐に留学させて最新の風水学を修めさせ、これを陰陽道のかたちで受けとって朝廷の力として定着させていったようである。しかも、荒俣によれば天武天皇は天文の術をマスターした名人、すなわち一級の風水師であったという。ならば、その后である持統天皇が詠んだ「北山」の「北」はぜったいに特別な意味を持つはず。荒俣は、天香具山↓飛鳥浄御原宮↓酒船石↓石舞台の南北ラインについて、「北を天帝の住む紫微宮とし、南をその入り口とする中国の都市づくりに影響されている」と記しているが、「北山にたなびく雲」に紫微宮《しび》を重ねる発想は説得力に富む。紫微宮は北斗星の北にあり天帝の居所とされた星座のことなので、天皇にして風水の達人・天武天皇の霊の向かう場所として「北」はいかにもふさわしいのである。

そののち、風水術や陰陽道は奈良から平安にかけてますます緻密になり体系化されていった。陰陽師・安倍晴明の活躍などが今も語り伝えられている。そして、貴族にとって単なる慣わしというより生死に関わる禁忌として恐るべき対象になっていったのである。藤原京、平城京、長岡京、平安京と続く遷都の際にはとりわけ風水の知識は総動員された。その背景には天変地異に怯え、疫病に苦しめられ、政治腐敗に悩む人々の心の闇が横たわっていたことを忘れてはならない。

さて、現代短歌の「北」は佐佐木幸綱の歌、

北という語にさえ魔力ありし日の白樺を思う山のホテルに

である。「於万座温泉　八月二〇・二一日」と題された一連六首の最後の一首。一九九一

（平成三）年八月、夏休みに家族と群馬県の万座温泉に泊まっていた作者は、ホテルのテレビを見てソビエト連邦に起きたクーデターを知るのである。一連には、

幽《かす》かなる硫黄のにおいまといたる家族と見ている遠きクーデター

すでにゴルビー殺《や》られたりけんという推理さもありなんと思いたりしか

言葉とはつまりは場《ば》かも風中の戦車に登り口開く人

といった歌もあり、戦車に乗って叫ぶ民衆や軟禁状態にあったゴルバチョフのことなどが日本の温泉地に憩う作者の「場」とクロスさせながら詠まれている。また、『瀧の時間』にはこの一連に先立つ「歴史Ⅲ　一九九〇・一〇」の章に、

ソ連の危機さもあらばあれ入試問題細部に意識を集める夜更け

の歌もある。ソ連の体制が激震していることを気にしながらも大学入試問題の作成に忙殺される日々。ここでも、世界の状勢と作者の日常とがじつに自然なかたちで同じ時間軸に並べられている。

「北という言葉に魔力ありし日の」と表された「北」とは、ユーラシア大陸北部に位置する

国・ソ連のことであり、ソ連が打ち立てた社会主義思想のことを表している。

暗渠の渦に花揉まれをり識らざればつねに冷えびえと鮮《あたら》しモスクワ
塚本邦雄《つかもとくにお》『装飾樂句《カデンツァ》』

一九五六（昭和三十一）年刊行の歌集『装飾樂句《カデンツァ》』の作品でこう表されているように第二次世界大戦後の冷戦時代、アメリカ合衆国と並ぶ超大国でありながらソ連の全体像をつかむことはむずかしかった。未知だから新鮮で、新鮮だからいっそう魅力的に思われる。そんな増幅作用によって、ソ連は青年期の作者にとってますます神秘のオーラをまとった存在になっていったことは想像に難くない。このとき、「北」だからこそ魔力は輝く。世界初の社会主義国家がもし地球上のはるか南方に誕生していたとしたら、それほどの魔力があったかどうか。北半球に住む私たちにとって、「北」とは寒々として簡浄、さらに敗北の北につながる哀しみのイメージを伴っている。歌謡曲の世界でも、恋に破れた男女や挫折した若者はたいてい北へ旅立つことになっている。北を詠んだ現代短歌は、

北を指すものらよなべてかなしきにわれは狂はぬ磁石をもてり
生方《うぶかた》たつゑ『北を指す』

孤り聴く〈北〉てふ言葉としつきの繁みの中に母のごとしも　浜田《はまだ》　到《いたる》『架橋』

など、たちどころに思い浮かぶ名歌がいくつもある。

佐佐木の掲出歌では北の国・ソ連の政変のニュースを知ったのがたまたま山のホテルであるところもポイント。群馬県北西部、白根山の西斜面にある万座温泉は北国とは言えないが山地なので冬は雪が深く夏は涼しく、どこか北の雰囲気を漂わせている。

また、四句目の「白樺を思う」にもいかにも凛冽な香気が感じられる。この歌の白樺から私は青年のまだ初々しい四肢を思い描いた。まっすぐな白樺の幹は青年期の作者やその仲間たちの姿と重なり合う。ここで「魔力ありし日を思う」でなく「魔力ありし日の白樺を思う」であることに留意すべきであろう。単に過ぎし日をなつかしむというのではなく、過ぎし日のみずからのピュアな認識と感情への愛惜が白樺への心寄せからにじみ出てくる。

歌集『瀧の時間』の末尾に近い「夢」の章には、

〈正義〉を抽象語とのみ信じたる若さかな若さの勢い恋うも

という一首があり、掲出の「北という語にさえ」の歌と通じ合うものを湛えている。若き日の作者にとって「正義」が抽象語であったと同じく「北」もまた抽象語であったのだ。抽象を抽象そのものとして信じたり憧れたり追いかけたりできるのは、たしかに若いエネルギーあってこその行為である。若さの勢いの中でかつて魔力さえ感じた「北」という語。その北の魔力が五十代半ばにさしかかった作者の目の前で、このとき抽象から「具体」へと解体されようとしていた。流れ去る霧さながらに北の魔力が消え失せてゆく悲しみを、この歌から読み取るべきかもしれない。

以上、風水の呪力に裏打ちされた持統天皇の歌と、北の魔力を反芻する佐佐木幸綱の歌を読み比べてみた。

数学の概念にベクトルというものがある。数の大きさを示すスカラー量に対して、ベクトルは大きさと向きを合せ持つ量のことで、矢印の長さと向きで表示する。その概念を援用するならば、北という語は持統天皇の時代も現代も、向きだけでなく強力な大きさを有するベクトル量として存在し続けている、と言ってよいだろう。しかも、北のベクトルは平面に描かれているのではない。三次元、さらに四次元の空間にくっきりと浮かんでいるような印象がある。その不思議な印象こそが「北」の呪力であり、魔力でもあると言えよう。

紅・撫子

平安朝と現在とではごく日常的な物事に対しても捉え方に大きな違いがある。その点について、前章では東西南北の方角に着目して「北」という語のもつ意味の重層性を『万葉集』と現代短歌を例にしつつ探ってみた。

方角と同じくらい日々の生活に馴染み深い事項の一つに「色彩」がある。空や海や木々といった自然界の色、イルミネーションや塗料などの人工的な色どり、さらに衣服の色彩や髪の色、口紅の色に至るまで現代社会にはさまざまな色があふれている。平安時代の世の中にも、化学染料こそなかったものの豊かな自然界の色が揃っていたにちがいない。平安文学を読んでいると、描かれている装束の色の多様性と趣の深さに圧倒されることがある。たとえば私は『源氏物語』「玉鬘《たまかづら》」の巻の衣裳選びのくだりがとても好きで、読むたびにワクワクする。

光源氏三十五歳の秋、六条院が完成。紫の上や明石の君をはじめとする源氏をめぐる女人たちが次々にこの広大な邸に移る。そしてその年の暮、正月用の装束を女たちに贈るため源氏と紫の上は晴れ着を華やかに広げて選んでゆく。着る人の年齢や性格や容貌に合わせて選んでゆくのだが、このとき紫の上は他の女性たちと一度も会ったことがない、というのが意外だった。同じ六条院に住んでいてもごく限られた相手（紫の上で言えば同じ春の御殿に住む明石姫君）以外は顔を合せることがないのであった。

ところで、このとき選ばれた小袿や細長の色合いを書き抜いてみると、

○紫の上（六条院・春の御殿）　紅梅のいと紋浮きたる葡萄染《えびぞめ》の御小袿、今様色《いまやういろ》のいとすぐれたる

*今様色とは砧で打って艶を出した薄紅色

○明石姫君（六条院・春の御殿）　桜の細長に、艶やかなる掻練《かいねり》とり添へて

*掻練は柔らかく練った絹

○花散里《はなちるさと》（六条院・夏の御殿）　浅縹《あさはなだ》の海賦《かいふ》の織物、織りざまなまめきたれどにほひやかならぬに、いと濃き掻練具して

*浅縹の海賦には、薄い藍色に海浜模様がある

○玉鬘（六条院・夏の御殿）　曇りなく赤きに、山吹の花の細長

○末摘花《すゑつむはな》（二条東院）　柳の織物の、よしある唐草を乱れ織れる

○明石の上（六条院・冬の御殿）　梅《むめ》の折枝《をりえだ》、蝶《てふ》、鳥飛びちがひ、唐めいたる白き小袿に濃きが艶やかなる重ねて

○空蟬《うつせみ》（二条東院）　青鈍《あをにび》の織物、梔子《くちなし》の御衣《ぞ》、聴色《ゆるし》なる添へて

＊聴色は薄紅色

このようにじつに多種多様で名称そのものも美しい。加えて当時の絹織物は厚みがなかったので裏の布の色が透けて見えることが多かった。それを利用して表裏の色の混ざり合いが中間色を生む「襲《かさね》」の繊細かつドラマチックな色合いが尊重されたりもした。王朝の貴人たちは現代人よりもはるかに高度な色彩感覚を有していたと言えよう。

そうした無数の色の中から今回の歌合せでは「紅《くれない》」を選んでみた。それほど凝った色ではないが印象鮮明な色であり、多面的な意味合いをもつ色でもある。

〈第八番〉紅

くれなゐの涙に深き袖の色をあさみどりとやいひしをるべき

『源氏物語』「少女」

わが内のかく鮮《あたら》しき紅《くれなゐ》を喀《は》けば凱歌のごとき木枯

滝沢《たきざわ》亘《わたる》『断腸歌集』

『源氏物語』の「少女《おとめ》」の巻には光源氏の息子・夕霧が登場する。美少年だが真面目すぎて融

通のきかないところもある夕霧。彼は十二歳になっていよいよ元服する。これだけの御曹司なら まず四位くらいの位階からはじめるのが通例だが、源氏はあえて厳しい躾の方針をとり、六位の低いところからはじめさせる。さらに大学寮に入れて勉学を奨励するのであった。当時は厳然たる位階制度があり、官位は大きく三つに分けられていた。一番上は三位以上の公卿、その次が殿上人でこれは四位、五位の官人と六位の蔵人《くろうど》。この人たちは昇殿が許される。そして六位以下は昇殿を許されることもなく地下《じげ》と呼ばれるのである。とりわけ殿上人の五位と、六位の地下の間には画然たる差があった。その峻別は衣袍《いほう》の色で外目にもはっきりとわかるようになっていたという。このあたりが凄まじい。

『源氏物語』が書かれた十一世紀初め頃の衣袍は、四位以上は黒一色、五位は紅、六位は緑という三色に大別されていたようである。『枕草子』第一二九段には中の関白道隆（中宮定子の父）の全盛時代を回想した場面が出てくる。

山の井の大納言、その御次々《おんつぎつぎ》のさならぬ人々、黒きものをひき散らしたるやうに、藤壺の塀のもとより登花殿の前までゐ並《な》みたるに、細やかにいみじうなまめかしう

という一節。清涼殿から退出する道隆や長男の道頼（山の井の大納言）その他の人々もみな官位が高く、一様に黒い袍を身につけている有様が「黒きものをひき散らしたるやうに」に表

れている。現代では黒は葬儀の色、ひじょうに儀礼的な色といった印象だが、平安時代にはとびきりのセレブリティを湛えた色だったことがわかる。誇らしき黒だったのだ。

さて、話を「少女」の巻に戻す。六位の夕霧は浅葱《あさぎ》姿（浅い藍色の袍）で宮中に参上した。さぞかし悔しく屈辱的だったことだろう。そんな夕霧に幼馴染の雲居雁《くもいのかり》との恋が芽生えるが、両家の父親（光源氏と頭中将《とうのちゅうじょう》）の確執などもあって思うように進展しない。挙句の果てに雲居雁の乳母から「めでたくとも、もののはじめの六位宿世《すくせ》よ（いくら立派な人物でも六位ふぜいでは）」と軽くあしらわれてしまう。そこで恨めしさを抑えきれずに夕霧の詠んだのが掲出の、

くれなゐの涙に深き袖の色をあさみどりとやいひしをるべき

の歌である。「くれなゐの涙」は血の涙とも受けとれるし、また憧れの殿上人・五位の袍の色に託した涙でもある。「身分こそ浅葱色だけれど、あなたを思うひたむきさは殿上人にひけをとりませんよ」と訴えている。『枕草子』の黒づくめの人々の尊大さも含めて、見る者の心に色彩がまるで条件反射のように相手の地位や権力を呼び覚ました時代があった。そのことを想像してみると、恐ろしくも不思議な気分になる。

ただ、やはり一般的には「紅《くれなゐ》」は紅顔の美少年や紅雨（花にそそぐ雨）、紅玉（ルビー）など初々しくもかぐわしいものの象徴として用いられることが多い。時代が下がるにつれてその

傾向は強まってゆくように思うが、例外的に明治、大正から昭和戦後のある期間まで、紅が必ずしも明るい色とのみ受容されなかった時代があった。

わが内のかく鮮《あたら》しき紅《くれなゐ》を喀《は》けば凱歌のごとき木枯

掲出歌の作者・滝沢亘は肺結核によって亡くなっている。結核が国民病と言われた時代、紅はまがまがしい喀血の色として捉えられた一時期があったのである。

滝沢亘は一九二五（大正十四）年生まれ。十代で「多磨」に入会したのち「形成」創刊に参加。しかし、死の数年前には「形成」を退会して詩歌総合誌「日本抒情派」を創刊している。将来を嘱望された歌人であったが横須賀中学校在学中にすでに結核を発病し、サナトリウムに入院して治療を続けた。だが、ついに回復することができず四十一歳で逝去。死因は結核性喀血であった。滝沢が亡くなったのは一九六六（昭和四十一）年。敗戦から二十年以上が過ぎており、薬によって結核の治る患者が増えていた。すべもなく亡くなっていった明治、大正時代の正岡子規や石川啄木や松倉米吉とはいささか事情が違っている。たとえば滝沢より九歳年長の森岡貞香は戦後に結核を患ってかなり重篤な病状になるが一九五〇年代初めに胸郭整形手術を受けて快癒している。

おそらく滝沢は新薬開発や戦後の食糧事情好転によってみずからの病は治せるのではない

か、と希望をもっていたであろう。三十代の若さだったことも彼の希望を後押ししたにちがいない。掲出歌を読むと「かく鮮しき紅」「凱歌」という力強い言葉に圧倒され、一瞬病の歌であることを忘れてしまうほどである。自分の肺の中にも戸外にも荒寥たる風が吹きすさんでいる。しかし、木枯の音がときには勝者の雄叫びめいてひびくように、病む胸の奥にも若く熱い「くれなゐ」が息づいているのだ。そう誇らしげにうたっている。

わがもてるかくあざやけきくれなゐの花びら型の血を紙に喀く
血を喀きて喀きて喘ぎて思ひをり何か言ひ得て逝きしや人は

『断腸歌集』で喀血はこのようにも詠まれている。一首目は紙に吐き出した血が花びら型をなしたところが美しくも痛ましい。また二首目は喀血死した知人を思いつつ、このように切羽詰った状況では何も言い残すことなどできなかっただろう、と悼んでいる。喀血というのはそれほど劇的に体力を消耗させ、若ければなお死の魔の手は容赦なく襲いかかったであろうと想像できる。

滝沢亘や相良宏(「未来」会員。一九五五年に三十歳で没)がいわゆる結核歌人の最後の俊英ということになろうか。引用した滝沢の歌に紙にひらいた血を詠んだ歌があったが、その後の世代になると紙の上の血は別の意味を持つ。

こぼれたる鼻血ひらきて花となるわが青春期終りゆくかな　玉井清弘《たまいきよひろ》『久露』

とほき日のわが出来事や　紙の上《へ》にふとあたたかく鼻血咲《ひら》きぬ　小池《こいけ》　光《ひかる》『バルサの翼』

身の内側の紅色は喀血ではなく鼻血となり、青年の健やかなエネルギーの象徴とされるのである。「紅《くれない》」の運命はまさに生々流転と言えよう。

さて、次の歌合せは再び花の名に戻りたいと思う。二〇〇八（平成二十）年八月の北京オリンピックでは日本選手がじつに頼もしい活躍を見せたが、とりわけ女性選手の健闘が輝いていた。ソフトボール、レスリング、柔道、バドミントン、卓球。メダル獲得の有無に関係なく誰もみなすがすがしい表情をしていた。女子サッカーもその一つ。チーム名は「なでしこジャパン」と言う。こう聞いて大和撫子を連想した人はおそらく四十代より上の世代であろう。十代、二十代の若者の中にピンと来た人が多いとは思えない。どうせ花の名を冠するなら「ひまわりジャパン」や「あさがおジャパン」のほうがいいのに、と感じている人も多いはず。

そんな古くて新しい「なでしこ」。秋の七草の一つに数えられ、しとやかな女性の代名詞とされる撫子を第九番の題にしてみよう。

〈第九番〉　撫子

秋さらば見つつしのへと妹《いも》が植ゑしやどのなでしこ咲きにけるかも
大伴家持《おおとものやかもち》『万葉集』巻三―四六四

八時間ノートPC打ちつづけこの撫子はわらふことなし
坂井修一《さかいしゅういち》『アメリカ』

撫子には渡来種である「からなでしこ（セキチク）」と在来種である「やまとなでしこ（カワラナデシコ）」があり、掲出の二首に詠まれているのは後者のほうである。

大伴家持はことのほか撫子の花を愛し、

我《わ》がやどのなでしこの花盛りなり手折《たを》りて一目《ひとめ》見せむ児もがも
『万葉集』巻八―一四九六

一本《ひともと》のなでしこ植ゑしその心誰《たれ》に見せむと思ひそめけむ
『万葉集』巻十八―四〇七〇

とも詠んでいる。さらに、笠女郎《かさのいらつめ》から家持に贈った情熱的な相聞歌には、

朝ごとに我《わ》が見るやどのなでしこが花にも君はありこせぬかも

『万葉集』巻八—一六一六

と家持自身を撫子の花に見立てた歌もある。男性が撫子の化身とされることもあったのが興味深い。

掲出の、

秋さらば見つつしのへと妹《いも》が植ゑしやどのなでしこ咲きにけるかも

の歌は七三九（天平十一）年、己卯《つちのとう》の夏の六月に亡妾（妻の一人で正妻に次ぐ者）を悼んで詠んだ一首。死期を悟った妻が「秋になったら撫子が咲くでしょうから私の身代わりと思って偲んでください」と庭に撫子を植えておいた。その花が秋にもならないのにもう咲いている、と嘆いているのである。身代わりに撫子を、という女性の心情が健気にも哀れ。手ずから植え渡しておいたところに、深い思いを残していったことがうかがえる。撫子は山野に自生するイメージがあるが、庭でも好んで栽培されたらしい。また、「撫子合《なでしこあはせ》」という遊びが行なわれ、左右に分れて花と歌の優劣を競うこともあった。九八六（寛和二）年の皇太后詮子《せんし》瞿麦合《なでしこあはせ》の豪華さは『古今著聞集』にも記されている。してみると、撫子はけっして楚々とした花とばかりは決められないようだ。実際、装束の襲《かさね》の色目に「撫子襲」があるのだが、これは表が紅梅色で裏が青色というじつに若々しい華やぎを持つ。

ではここで、もう一方の坂井修一の詠んだ撫子の歌を見てみよう。

八時間ノートPC打ちつづけこの撫子はわらふことなし

この歌には「隣席」という詞書があり、一連の他の歌から作者はニューヨーク出張のため飛行機に乗っていることがわかる。国際線の機内、座席は窮屈だし歩き回るわけにもゆかないし、長時間の飛行はかなりの忍耐を強いられる。映画を観る人もいるが大方はワインを飲んで寝てしまうのではなかろうか。いや、しかし中にはフライトの間中パソコンに向かっている猛者もいる。坂井作品で詠まれているのは「この撫子」とあるから日本の女性。商談のための渡米か、あるいは学会出張か。撫子は「撫でし子」を連想させることから、古典ではうら若き女性に対して用いられることが多い。この場合も妙齢の女性であろう。たまたま機内で隣り合せた「不死身の撫子」への爽やかな驚嘆が「八時間」という数字の具体性に託されている。そして、この歌でやはり効いているのは結句「わらふことなし」。笑顔を見せなかったということのみでなく、女性は表情そのものをほとんど動かさなかったのであろう。まるでノートパソコンの一部と化したかのような不動の姿勢、不動の表情でキーを打ち続けている。サイボーグ人間のようだ。茎が細く花弁の薄い撫子にはたおやかな印象があるが、まさに正反対である。その面白さを含ませつつ作者はあえて彼女を「撫子」と形容したにちがいない。

さらにもう一つ、このとき作者の脳裏には撫子の異名「常夏《とこなつ》」が浮かんでいたかもしれない。撫子は花の風情に似合わず生命力が強い。花期が長くて夏から秋にわたって咲き続けることから常夏とも呼ばれているのだ。そう考えると、八時間の持久力を持つ女性は常夏の花とぴったりである。

坂井には、女性の雰囲気を植物になぞらえて表した歌が他にもある。

青乙女なぜなぜ青いぽうぽうと息ふきかけて春菊を食ふ
『ラビュリントスの日々』

コスモスは首のべて吾子愛すとふいまさにづらふコスモスをとめ
『アメリカ』

童謡「赤い鳥」の歌詞を下敷きにして「なぜなぜ青い」と問いかける一首目。枕詞「さにづらふ」（赤い頬をした、という意味から色や紅葉や少女に掛かる）が明るい情感を漂わせる二首目。撫子も含めて、春菊もコスモスも野に生える植物。清楚な中にも逞しさを秘めているところが印象深い。

菊・おちる

第九番では秋の七草の一つ「撫子」を題とした。第十番では引き続き、秋の花を題に選んでみたい。秋を代表する花、菊である。

十六弁の菊が天皇家の紋章になっていたり、菊花展や菊人形など現在も趣深い菊の行事が催されていることから、菊は昔々から日本人と縁の深い花のように思われている。だが実際は中国から渡来した花で、その時期は奈良時代。従って、『万葉集』には菊を詠んだ歌は一首もない。陰暦九月九日に行われる重陽の宴が中国から日本の宮廷に伝わり、宴の演出に欠かせない菊の花が珍重されるようになった。西暦九百年代に入ると内裏菊合や殿上菊合など、歌合せの場でも菊が主役を務めるようになったらしい。和歌史に華々しく菊が登場するのは『古今集』においてて。『古今集』秋下の巻には菊の歌がずらりと並んでいる。その中の一首と、現代短歌に燦然と輝く菊の歌を対にして、第十番としてみよう。

〈第十番〉 菊

久方《ひさかた》の雲のうへにて見る菊は天《あま》つ星《ほし》とぞあやまたれける
藤原敏行《ふじわらのとしゆき》『古今集』秋下

青き菊の主題をおきて待つわれにかへり來よ海の底まで秋
塚本邦雄《つかもとくにお》『青き菊の主題』

まずは『古今集』の藤原敏行の歌から。秋下の巻には、

植ゑし植ゑば秋なき時や咲かざらむ花こそ散らめ根さへ枯れめや
在原業平《ありわらのなりひら》

を始めとして、

咲きそめし屋戸《やど》しかはれば菊の花色さへにこそ移ろひにけれ
紀《きの》 貫之《つらゆき》

まで、十三首の菊の歌がまとまって出てくる。掲出の敏行の歌はその二番目。「寛平《かんぴやう》の御時きくの花をよませたまうける」と詞書がある。寛平の御時であるから宇多天皇の御代というこ

とになる。まだ殿上を許されなかった敏行が特別にお召しを受けて昇殿して詠んだ歌であるらしい。宮中に上がった晴れがましさが「雲のうへにて」という表現を生み、雲に掛かる枕詞「久方の」とともに作者の心の昂揚を伝えてくる。「雲のうへ」との響き合いで下句の「天つ星」が導き出されたのであろうが、菊の花を天上の星にたとえた発想はなかなか斬新で、秋下の巻に並べられている十三首の菊の歌の中でもひときわ個性的に思われる。

この敏行の歌の菊と星の重ね合せは、『源氏物語』の「藤裏葉」の巻の和歌にも反映されている。時に光源氏は三十九歳。冷泉帝の御代で准太上天皇の地位にまで上り詰め、翌年の四十歳の賀の宴のため世をあげて準備しているところである。そんな折の秋のひと日、光源氏の邸宅である六条院に冷泉帝と朱雀院が揃って訪れるというこれ以上ない光栄な出来事があった。手厚いもてなしをする源氏と、それを見守る親友でありライバルでもある太政大臣（かつての頭中将《とうのちゅうじょう》）。太政大臣は源氏の威光に心酔しつつ、

むらさきの雲にまがへる菊の花にごりなき世の星かとぞ見る

と詠む。〈聖の御代に吉兆の紫の雲が現れるといいますが、その瑞雲にまじっている菊の花はまさにあなた（光源氏）のようです。あなたこそ新たな聖代の星です〉と賛美している歌である。

ここで菊の花が紫雲と見紛う「紫の星」であるところが興味深い。平安期の菊といえば白菊が主流をなすのかと思っていたのだが、じつはそうでもないらしい。晩秋から初冬にかけて霜や時雨に打たれて白い花弁が紫に変色した風情もまた愛されていたようだ。菊は一年のうちで最も遅く咲く花なので、人々はとりわけ残菊の余情をいつくしんだものと思われる。『伊勢物語』第十八段には女が「菊の花の移ろへるを折りて」男に歌を詠みかける場面が出てくる。「移ろへる」は白菊が紅や紫に変色したことを示す。けっして嫌がらせで変色した菊を贈っているのでなく、衰えた色合いを良しとしたからである。また、『伊勢物語』第八十一段にも紫の菊が配された場面がある。

むかし、左《ひだり》の大臣《おほいまうちぎみ》いまそかりけり。賀茂河《かもがは》のほとりに、六条わたりに、家をいとおもしろくつくりて住みたまひけり。神無月《かむなづき》のつごもりがた、菊の花移ろひさかりなるに、紅葉《もみぢ》のちくさに見ゆるをり、親王《みこ》たちおはしまさせて、夜一夜《よひとよ》酒飲みし遊びて、夜明けもてゆくほどに、この殿《との》のおもしろきをほむる歌よむ。

という文章で始まる「塩竈に」の段。河原の左大臣、源融《みなもとのとおる》の邸宅での宴の光景である。「移ろひさかりなる」は色が紫に変わって美しい盛りを迎えている様子を示す。そこに紅葉が彩りを添えている景色は白菊とはまた違った情緒を呼び起こしたことであろう。

さて、こうした紫の菊の面影を抱きつつ塚本邦雄の歌、

青き菊の主題をおきて待つわれにかへり來よ海の底まで秋

を読むと、「青き菊の主題」に込めた彼の思いは一段と深みを増すような気のしてくる。第九歌集『青き菊の主題』の「網膜遊行　あるいは反・歸去來辭」一連の末尾に置かれた歌。「かへり來よ」の呼び掛けは、一九七〇（昭和四十五）年に短歌に関わるいっさいを捨てて九州へ失踪した岡井隆に対してのものと考えられる。

前衛短歌運動の旗手として競い合い、刺激を及ぼし合い、信頼し合ってきた塚本と岡井。盟友・岡井の短歌界からの突然の離脱を悲しみ、復帰を切望する思いが、格調高い韻律に乗せて詠まれている。ここで「青き菊」が上田秋成『雨月物語』の「菊花の約《ちぎり》」に表された男同士の友情を踏まえていることに注目したい。「菊花の約」の主人公・丈部《はせべ》左門は播磨国加古に住む清貧の学者。一方の赤穴宗右衛門《あかなそうえもん》は主君の危機に馳せ参じるため出雲国松江に向かう途中の武士であった。旅なかばにして病に倒れた宗右衛門をふとしたことから左門が介抱し、二人は厚い友情で結ばれることになる。病癒えて初夏のある日、播磨から出雲へと出発する宗右衛門。名残惜しく見送る左門。二人は九月九日の重陽の節句の再会を堅く誓い合うのであった。そして約束の日、黄菊や白菊を小瓶に飾って待ちわびる左門のもとに夜も更けてからようやく宗右

衛門が現れるのだが、じつは……と物語は続いてゆく。物語の中で、友を待つ左門が「浦浪の音ぞここもとにたちくるやうなり」と波音を聴いているくだりがある。これは明らかに『源氏物語』「須磨」の巻の「浪ただここもとに立ちくる心地して」の一節を下敷きにしている。作者の上田秋成は男の友情に『源氏物語』の光源氏と頭中将のイメージを重ねており、塚本邦雄ももちろんそれを承知した上で、須磨の海を連想させる「海の底まで秋」というフレーズを用いている。

また、「青き菊の主題」の一首を詠んだとき、塚本の脳裏にはさらにもう一つ別の『源氏物語』の場面が揺曳していたように思われてならない。それは、「紅葉賀」の巻で光源氏と頭中将が「青海波《せいがいは》」を舞う姿である。桐壺帝の御前でこの世のものとは思われぬ美しさで「青海波」を舞う十八歳の光源氏、そして頭中将。『源氏物語』の数ある名場面の中でもとりわけ晴れやかな情景である。塚本はこの「青海波」の「青」に「青き菊」への憧れを託し、さらに先述の「藤裏葉」の巻の二十年後の男二人の交流や『伊勢物語』の雅趣をも取り込みながら、現《うつつ》には存在しない「青き菊」を思い、遠い友へと呼び掛けたのであろう。

光源氏と頭中将は好敵手でありながら、『源氏物語』ではつねに光源氏のほうがあらゆる点で一歩秀でた者として描かれている。塚本が掲出歌で岡井を光源氏に見立てたのは、みずから少し身を引くことで友情の証としたのにちがいない。塚本ならではのまことにうるわしい心意気である。岡井のほうも塚本の真情を十二分に汲み取っていた。二〇〇五（平成十七）年の塚本の逝去に際して岡井は次のような一首を捧げている。

青き菊をちぎりつつわたしを待つなんて出来まいわたしはゐないのだから

岡井《おかい》 隆《たかし》『家常茶飯』

さて、引き続き歌合せの第十一番に移ろう。第九番の撫子、第十番の菊と秋の花が続いたので、次は「女郎花《おみなえし》」あたりがふさわしいかなと考えてみた。とは言うものの、ただ単に古典の女郎花の歌と現代の女郎花の歌を並べてみただけではつまらない。そこで、女郎花を詠み込んだ古典和歌を一首選び出し、その歌の中の女郎花以外の言葉を題に設定して、現代短歌一首と番わせてみることにした。その結果、次のような題と組み合わせになった。

〈第十一番〉 おちる

名にめでて折れるばかりぞ女郎花《をみなへし》我おちにきと人にかたるな

僧正遍昭《そうじょうへんじょう》『古今集』秋上

陽にすきて流らふ雲は春近し噂の我は「やすやす堕《お》つ」と

中城《なかじょう》ふみ子《こ》『乳房喪失』

第十番で述べたように菊は平安期の歌合せの場で取り上げられることにより王朝の美意識の中に組み込まれていったが、女郎花も同様に、八九八（寛平十）年の「亭子院《ていじ》女郎花合」（宇多上皇の主催）を皮切りにして、歌合せの趣向や題として重用されながら、次第に秋を代表する花の位置を固めていった。菊の場合と違うのは、女郎花が『万葉集』の時代から愛されて詠まれていたこと。たとえばこんな歌がある。

手に取れば袖さへにほふをみなへしこの白露に散らまく惜しも

よみ人しらず『万葉集』巻十－二一一五

「をみなへし」の「をみな」の語感が匂いやかな女性の姿を連想させるのであろう。白露にさえ散ってしまいそうな楚々とした風情がまことにいじらしく思われる。

しかし『古今集』に至ると「女郎花」という表記はより濃厚な女性性を呼び起こすことになり、『古今集』時代の言語遊戯を好む風潮とも相俟って、妖しくも蠱惑的な女性像と重ね合わされるようになった。女郎花の歌は『古今集』巻四の秋上に十三首、巻十九の雑体の誹諧歌に四首、巻十の物名《もののな》に「女郎花」を隠し題にした歌二首と折句一首がある。それらの中で最も演

技性に富むと思われるのが掲出の僧正遍昭の、

名にめでて折れるばかりぞ女郎花《をみなへし》我おちにきと人にかたるな

である。〈男心を誘うように野に咲く女郎花よ、その名を愛でて手折ろうとしただけなのです。私が堕落したなどと人に言ってはいけませんよ〉といった歌意になろうか。僧侶なので女性に溺れたとあっては女犯の戒めを破ったことになる。それゆえ苦しい言い訳をしている、という構図にしているのだ。作者名と一対にして読むことで面白味の出る一首と言えよう。洒落っ気に満ちた歌だが、ふざけすぎていると感じる人も多いかもしれない。『古今集』仮名序には、

僧正遍昭は、歌の様《さま》は得《え》たれども、誠《まこと》少《すく》なし。たとへば、絵《ゑ》に描《か》ける女《をみな》を見て、徒《いたづ》らに心を動かすがごとし。

というよく知られた一節があるが、まさに架空の「誘う女」を想定した上で勝手に戯れている、といった印象がなきにしもあらず。「誠少なし」と評されても仕方がない。

ただし、遍昭の名誉のために書き添えておくと、彼は高貴な家柄に生まれ、貴族として有能

な人物であった。桓武天皇を祖父に、大納言・良岑安世《よしみねのやすよ》を父に持つ。俗名は良岑宗貞《よしみねのむねさだ》。三十歳になるやならずで蔵人になり、その後わずか五年で蔵人頭《くろうどのとう》にまで昇進している。このスピード出世は家柄の良さのみでなく、政治手腕や人心掌握術にも長けていたゆえであろう。ところが飛ぶ鳥も落とす勢いだった彼は、蔵人頭に就任したのち程なくして出家してしまう。表向きの理由は仁明《にんみょう》天皇崩御に伴って、ということだが、じつは背後に天皇家を絡め取ろうとする藤原氏（藤原良房を中心とする藤原北家）の圧力が働いており、宗貞（遍昭）は権力の中枢から弾き出されてしまったのである。時を同じくして藤原氏から迫害された貴族に紀氏や在原氏や小野氏や大伴氏があった。すなわち『古今集』撰者や六歌仙のほとんどが藤原氏に敗れた者たちということになる。一見すると雅やかな和歌の世界にも根の部分に血なまぐさい政権争いが渦巻いていたことに驚く。

遍昭は政治の表舞台から去ったものの叡山に入って元慶寺《がんぎょうじ》を創立、僧正という僧官の最上位に就いたわけなので、けっして転落の人生とは言えない。ただ、三十代で出家せざるを得なかった不如意感は終生彼につきまとっていたであろう。

「我おちにきと人にかたるな」のユーモアをまぶしたつぶやきに、私はふとエリート貴族・良岑宗貞の自嘲の声を聞くような気がする。

ところで、若くして人生の光と影を見てしまったという点において遍昭と中城ふみ子には共通する部分があるかもしれない。現代短歌の「おちる」の歌として選んだ中城の、

陽にすきて流らふ雲は春近し噂の我はやすやす堕《お》つ

は、初出が「山脈」一九五二（昭和二十七）年四月号。従って同年二月頃に詠まれたのであろう。年譜によれば、ふみ子が一回目の乳房切除手術を受けたのはこの年の四月六日。前年の秋頃から左乳房に異常を感じていたらしいが、まだ二十代の若さであり、現在と違って乳がんに関する知識が行き渡っていなかった時代でもある。手術を受けるまでは体調についてあまり深刻な自覚はなかったと思われる。むしろ彼女は将来への希望に胸を膨らませていたはず。離婚して子供とともに帯広の実家に戻ったふみ子は「新墾」の特別歌友になり、創刊された「山脈」の同人にも加わって作歌に真剣に取り組むようになる。そのかたわら帯広放送作家グループに所属して随筆や脚本の執筆にも挑戦しはじめていた。また、ダンス教師をしている年下の青年と知り合ってデートを重ねる日々でもあった。

春の雪ふる街辻に青年は別れむとして何か吃《ども》るも　　『乳房喪失』

掲出歌と同じ「愛の記憶」一連にはこのような歌もある。「何か吃るも」に誠実で晩生《おくて》な青年像が見える。さらに、年上の元人妻として恋をリードしながらも少女のように胸をときめかせている作者の姿も想像できて、ほほえましい。

「陽にすきて」の歌は旧弊な世間へと挑みかかるべく、大胆に詠まれた一首である。呉服店（ふみ子が生まれた頃は海産物店）を営む裕福な家の長女として育ったふみ子。女学校卒業後は東京の学校でも学び、やがてエリート技師と結婚。人もうらやむ人生を送ってきただけに、彼女の離婚やその後の奔放な恋愛は周囲の人たちの恰好の噂のタネとなったことだろう。中傷や好奇の目を百も承知の上で「噂の我は」とみずから名乗っているあたり、いささか開き直りとも受け取れる。

ここで「やすやす堕つ」と楽しげに言ってのけている背景には、一九四六（昭和二十一）年二月に発表された坂口安吾の「堕落論」の影響があるように思われてならない。

半年のうちに世相は変った。醜《しこ》の御楯《みたて》といでたつ我は。大君のへにこそ死なめかへりみはせじ。若者達は花と散ったが、同じ彼等が生き残って闇屋《やみや》となる。ももとせの命ねがはじいつの日か御楯とゆかん君とちぎりて。けなげな心情で男を送った女達も半年の月日のうちに夫君の位牌《いはい》にぬかずくことも事務的になるばかりであろうし、やがて新たな面影《おもかげ》を胸に宿すのも遠い日のことではない。人間が変ったのではない。人間は元来そういうものであり、変ったのは世相の上皮《うわかわ》だけのことだ。

「堕落論」の冒頭部分。あらためて読むと『万葉集』大伴家持の長歌や防人の歌を随所に生かした名文であることに気付く。ふみ子は敗戦のとき二十二歳であった。青春の輝きを戦争によって奪われた世代である。「生きよ、堕ちよ」という坂口安吾の主張に誘導されるかのように彼女が戦後の新しい価値観に魅せられたとしても何の不思議もない。このとき、彼女が眼差しを上げて「陽にすきて流らふ雲」を見つめたこと、そして「やすやす堕つ」と堕ちてゆく自身を現在形で表したことが、私にはとても象徴的に感じられる。僧正遍昭の歌が女郎花を手折るため俯きがちになっていることや「我おちにきと」と過去形で堕落を表していることと完全に対照的である。中城ふみ子の場合、堕落するといっても彼女はまだその途中なのだ。つまり、落ちながら浮き上がっている状態とも言える。墜落と飛翔が不可分のものとして把握されていると言い替えてもよいであろう。そこに彼女の心の昂揚感を知ることができる。不治の病を宣告される直前のつかの間の至福だった、と思うとき哀れさはまたいっそう深いものになるのである。

待つ・鹿

第十一番では動詞「おちる」を題にした。雫が落ちる、など目に見える現象として「おちる」が使われることが多いが、「堕ちる」になるとたちまち人生的なニュアンスを帯びる。とりわけ、危険な恋と絡ませるとドラマチックな情感を纏うことになる。恋の情感を含んだ動詞といえば「待つ」も代表格の一つと言えよう。そこで今回は二人の女性歌人による「待つ」の歌を選んでみた。

〈第十二番〉　待つ

聞《き》くやいかにうはの空《そら》なる風だにも松《まつ》に音《おと》するならひありとは

てのひらをくぼめて待てば青空の見えぬ傷より花こぼれ来る

大西民子《おおにしたみこ》『無数の耳』

宮内卿は鎌倉前期の歌人。生没年は定かではないが、一二〇〇年頃に二十歳になるかならぬかの若さで亡くなったとされている。父は源師光《みなもとのもろみつ》。母は後白河院に仕えていた。後鳥羽院に才能を見いだされた彼女は十代ながら数々の歌合せに参加して大いなる注目を集めた。「建仁元年老若五十首歌合」「千五百番歌合」「建仁元年通親亭影供《えいぐ》歌合」「建仁元年八月十五夜撰歌合」などの栄《は》えある場で活躍している。

うすくこき野辺のみどりの若草《わかくさ》に跡《あと》まで見ゆる雪のむらぎえ

宮内卿《くないきょう》『新古今集』春上

中でも有名なのはこの歌。「千五百番歌合」で寂蓮の作と番えられて勝を取った一首である。色彩感覚豊かな構図と時間の経過を捉える理知的な眼差しが賞賛され、以来この早熟な才女は「若草の宮内卿」と称されるようになった。

掲出歌の、

聞《き》くやいかにうはの空《そら》なる風だにも松《まつ》に音《おと》するならひありとは

は「建仁二年水無瀬《みなせ》恋十五首歌合」の「寄風恋」の題のもとに詠まれた一首。歌意は〈お聞きですか、いかがですか。上空を吹き渡る気ままな風でさえ、約束を守って松の木を訪れては音を立てているといいます。なのにあなたは待っている私のもとに来てはくれないのですね〉。上空に「うはの空（心ここにあらず）」、松に「待つ」、音するに「訪づる」を掛けたじつに技巧的な歌である。松と待つの同音に着目した歌は『万葉集』にもあるが、緊密な掛詞の関係が生まれたのは『古今集』に入ってから。「住の江のまつほどひさになりぬれば」「因幡の山の峰に生ふる松とし聞かば」など地名と組み合せて「待つ」思いを述べたり、常緑樹である松の生命力の強さと結び付けて「待つ」時間の長さを匂わせたりするようになった。

宮内卿の歌は歌合せの判者・藤原俊成から「心詞《こころことば》始終なほよろしく侍る」と絶賛されている。上空の風に託してつれない男への恨みを述べた風情が評価されたのだろう。十代の宮内卿が恋愛にも早熟だったというわけではなく、『増鏡』の逸話によれば彼女は後鳥羽院に褒められてポッと頬を赤らめて涙ぐむような初々しい少女だったらしい。あくまでも観念の産物としての待つ女の恋歌なのであった。

この歌で惹かれるのは初句「聞くやいかに」の字余りの切羽詰まったような歌い出しである。勢い余って前方に倒れ込むように、はたまた相手に挑みかかるかのように「聞くやいかに」と言葉を発したところに、若々しさといじらしさがあふれている。初句切れについて、馬場あき子は『韻律から短歌の本質を問う』（岩波書店）所収の座談会の中で「初句切れは『新古今集』に多く、すごく感情の衝迫力が強いですね」と述べている。さらに馬場は〝折口信夫は「結句で歌に命を入れるのが女歌だ」と言ったけれども『新古今集』の頃の女性の歌を見てみると初句で一気呵成に歌い出すけれどあとでくたびれるところがある。女性の歌で、下の句で覚えておく歌は少ない。上の句で覚えられるほうが多い。また近代になってからも、男女問わず第一歌集には初句切れが多い傾向がある。若いから感動の音律が高いのではないか〟という趣旨の示唆に富む発言をしている。たしかに宮内卿の「聞くやいかに」の歌は三句目の「風だにも」あたりまでは張った調子が持続しているが四句目になると呼吸が細くなり、結句はもう独り言のように歌い流した感じが残る。そしてそのことがまた歌に一途さをもたらしている。

さて、待ち続けるひたむきさは現代の大西民子の、

てのひらをくぼめて待てば青空の見えぬ傷より花こぼれ来る

からも伝わってくる。大西は一九二四（大正十三）年岩手県生まれで一九九四（平成六）年に逝去。第三歌集『無数の耳』刊行時に四十二歳であった。大学卒業後に教員となった大西は

二十二歳のとき同じく教員で文学を志す青年と結婚。やがて夫とともに埼玉県に移住して県教育局の職員になる。しかし、転居して五年が過ぎる頃から夫は家に帰らなくなってしまう。随筆集『まぼろしは見えなかった』（さいたま市教育委員会編）所収の文章「『まぼろしの椅子』のころ」には次のような一節があり、ドキリとする。

夫がまるっきり帰って来なくなったのは、昭和三十年ごろであったろう。二年ほどした或る晩、夜陰に乗じて突然私の部屋を訪ねて来た彼は、私の見知らぬ和服を着ていた。だれか知らぬが、一緒にいる女性が縫って着せたのであろうその着物を着たまま、会いに来るなどとは破廉恥千万である。私はそうした彼を許す気になれなかった。

あまりに残酷な夫の裏切りである。二人の間に子はいなかったわけだから（長男は早死産だった）すぐにも離婚してしまえば、と私などは考えるのだが、何と十年間も彼女は別居状態を続けたのであった。「私は夫が帰らなくなった部屋でそのまま十年をくらしたが、夫の残していった書物を十年間、そのままにして動かさなかった」と記されているのも凄い。先ほど、宮内卿の歌のところで松の樹齢の長さに重ねて「待つ」時間の久しさを表わす古典和歌の詠み方があったことを述べたが、まさに大西作品の「待てば」には長い長い作者の生の軌跡が込められているのだ。

待ち続けた十年を経て、一九六四（昭和三十九）年に協議離婚が成立。二年後に刊行されたのが歌集『無数の耳』である。歌人として公務員として十分に自立した人生を歩んでいた彼女だが、やはり一つの区切りをつけたことによる感慨は浅からぬものがあったに違いない。掲出歌は「訣別」と題された離婚を詠んだ一連のすぐ後ろに置かれている。用いられている言葉はすべて平易だが、いずれも抽象的な意味合いを帯びている。「青空の見えぬ傷」が殊に印象深い。一点の曇りもない青空などと言うけれど、じつは雨天や曇天よりも青空のほうが無惨に傷付いているのかもしれない。明るさに幻惑された者には見えない傷。しかし傷はけっしておぞましいものではない。そこから花がこぼれてくることもあるのだ、と作者は知っているのである。

宮内卿の歌では上空から訪れるものが風の音であったのに対し、大西作品では花がこぼれて来るのが興味深い。実際に桜の花が降ってくるというより、この場合の花は記憶や希望といった精神的なものを含んでいるのだろう。加えて、初句切れの切迫感が可憐だった宮内卿の歌に対して、大西の歌は初句から結句まで切れめがなく「○○ならば○○」と論理的な構文を持っている。結句が動詞の現在形できっぱり収められていることも好対照をなしているように思われる。また、「てのひらをくぼめて待てば」には作者の余裕すらうかがえる。

『無数の耳』には、

偽りを名乗る要などなきことのふと寂しくてロビーに待てり
知るべ少なきこの坂の町遅くまで点《とも》してわれを待つ花屋あり

といった「待つ」歌もある。秘密めく恋に憧れるような一首目、待たれることの嬉しさに心和ませる二首目。ともに「待つ」というときめきが伝わってくる。待つ歳月は大西の中で豊かに発酵したのである。

では続いて、歌合せの第十三番に移ろう。これまで植物についてはあやめ、撫子、菊などいくつか採り上げてきたので、今度は動物を一つ選んでみたい。鳥や虫を別にして、現代短歌で頻繁に登場するのは犬と猫である。しかし古典和歌に犬や猫はほとんど出てこない。また、馬は狩や旅の際の乗り物として「馬並《な》めて」「駒とめて」といったかたちで詠まれているが、どうも即物的な対象でしかなく、馬そのものの生命感にまで迫った歌は見当たらない。そんな中で例外的に厚遇されているのが「鹿」である。『万葉集』以来、古典和歌の世界で恋心を仮託されながら詠まれることの多い鹿。第十三番でスポットを当ててみよう。

〈第十三番〉鹿

世の中よ道こそなけれ思ひ入る山の奥にも鹿《しか》ぞ鳴くなる

藤原俊成《ふじわらのとしなり》『千載集』雑中

疾走の鹿とどまりて振りかへるふたつの眸なにも見てをらず

葛原妙子《くずはらたえこ》『薔薇窓』

俊成の歌は一一四〇（保延六）年に「述懐百首歌よみ侍ける時《とき》、鹿の歌《うた》とてよめる」とある。歌意は〈この俗世の憂いから逃れる道はないのだなあ。思い詰めて入って来た山奥にも、もの悲しく鹿が鳴いているようだ〉。「思ひ入る」の「入る」に山道に分け入ってゆく動きを重ね合せている。思索的な余情を漂わせる一首と言えよう。ただし、あくまでも「鹿を詠み込んで述懐する」という条件のもとに詠まれた歌。いかにも老成した印象を残すが、このとき俊成はまだ二十七歳であった。もちろん、思うように官位が上がらないという深い悩みをいだいていたわけだが、人生の憂愁というよりは青年期の心の揺れを背景にして読み味わったほうが妥当であろうか。

ここで目を惹かれるのは、鹿が姿ではなく鳴き声を伴って描かれていること。『万葉集』の時代から和歌で鹿と言えば必ずといってよいほど鳴き声に焦点が当てられている。『古今集』

仮名序にまで「たなびく雲のたちゐ、鳴く鹿の起きふしは、貫之らがこの世に同じくむまれて、この事の時にあへるをなむ、喜びぬる」と記されているほどである。私は鹿の生態に詳しくないのだが、調べたところでは鹿は交尾期を迎える秋になると牡が鋭い声で鳴いて盛んに牝を誘うらしい。鳴き声は遠くで聞くと哀調を帯びて感じられるようだ。空気が澄んで冷え込みの深まる秋の日々、物音一つしない山の奥に響く鹿の声は、聞く者の心にたしかに独特の感傷性をもたらしたに違いない。「さ牡鹿《をしか》の」という枕詞があり、鹿が野に分け入ることから「入野」に掛かる。この「さ牡鹿の」なども野趣に富む美しい言葉である。

心情と動物の声を組み合せた俊成の歌には、

夕《ゆふ》されば野辺の秋風身にしみてうづらなくなり深草《ふかくさ》のさと　『千載集』秋上

もある。この「身にしみて」も背景に『伊勢物語』が踏まえられているので俊成の個人的な感慨とは言えないのだが、三句目に憂愁を表明したのち下句に生き物の声を配した点で、「世の中よ」の歌と「夕されば」の歌は構成がよく似ている。「夕されば」の歌は俊成が自分の代表作とした一首。一方、息子の定家は「夕されば」より「世の中よ」の歌のほうを高く評価していたようで、各種の秀歌撰を編む折に「世の中よ」の歌を優先的に入集させている。私もどちらかと言えば「世の中よ」の歌の端正な声調のほうが好きである。

ところで、私などは子供の頃にディズニー映画「バンビ」(原作はオーストリアの作家ザルテン)やアメリカの作家ローリングズの『子鹿物語』に夢中になった経験があり、鹿というとしなやかに山を駆け回る姿が目に浮かぶ。近代や現代の歌人の詠む鹿もその多くが視覚的に捉えられたものである。

こがくれてあらそふらしきさをしかのつのゝひゞきに夜はくだちつゝ
会津八一《あいづやいち》『南京新唱』

奈良を愛して鹿の歌を多く残した会津八一にはこのような聴覚を生かした一首があるのだが、鹿の声ではなく角を打ち合せるひびきを詠んでいるのが珍しい。交尾期になると牝鹿をめぐって牡鹿同士が角突き合って争うらしい。八一の歌はその攻防の音を聞いている。平がな表記がたおやかなので抒情性に満ちているが、じつはリアリズムの歌と言える。和歌の時代の人々が耳にした妻問いの鹿の声とは本質的に異なっているのである。

やはり現代の鹿は、掲出の葛原妙子の、

疾走の鹿とどまりて振りかへるふたつの眸なにも見てをらず

のようなきわめて鮮明な映像喚起力を持って描かれている。疾走していた鹿がいったんとまって振り返ったところがダイナミックで、すばらしい。速度と向きを急に変えたことによって鹿のスピード感はいっそう増幅されることになった。この歌は歌集『薔薇窓』の「薔薇窓」の章に収められており、

寺院シャルトルの薔薇窓をみて死にたきはこころ虔しきためにはあらず

という葛原の代表歌の五首前に置かれている。「薔薇窓をみて死にたき」と詠んだとき彼女は生あるうちにぜひともシャルトル寺院という美の極致を見てみたい、という悲願に貫かれていた。だが実際にパリを訪れて薔薇窓を仰ぐことができたのは歌を詠んでから十三年のちの一九六九（昭和四十四）年のことであった。一般の人が観光目的で海外旅行をするのが許可されたのは一九六四（昭和三十九）年であったから、葛原のような境遇にある者にとってもヨーロッパへの旅は容易なことではなかったのだ。

尖塔雲刺す寺院に薔薇窓の高く盲ひし刻《とき》を痛みつ
伽藍の内暗黒にして薔薇形の彩《あや》の大窓浮きあがりたり

一連にはこうした歌もある。かなえられないかもしれない望みをいだいて薔薇窓を思うとき、葛原の胸の内で伽藍の闇に浮かび上がる窓はまぶしいばかりの「空間の眸《ひとみ》」であったのではなかろうか。深読みにすぎるかもしれないが、私には疾走する鹿が振り返ったときの二つの眸が、憧れの薔薇窓の輝きと重なり合うように感じられる。「ふたつの眸なにも見てをらず」の否定表現は虚無感や不気味さというより、あまりの美しさゆえの判断停止であろうと思う。

聴覚を研ぎすませながら鹿の鳴く山奥へ、そしてみずからの心の奥へと踏み入ってゆく俊成の歌。視覚を働かせて鹿の俊敏な動きを追いつつ、じつは幻の鹿に見つめ返されている葛原の歌。どちらの歌においても、鹿は具象と抽象をつなぐ使者の役割を果たしている。神秘的で野性的な森の使者なのである。

月・母

第十三番で「鹿」という題のもとに番わせるべき歌を探していたところ、

下紅葉《したもみぢ》かつ散る山の夕時雨《ゆふしぐれ》ぬれてやひとり鹿の鳴くらん

藤原家隆《ふじわらのいえたか》『新古今集』秋下

という一首に出会った。時雨に散る紅葉と悲しげに鳴く鹿の取り合せに破綻がなく、絵画的に整った歌である。現代から見るとやや型通りの感があって第十三番の歌には選ばなかったのだが、この歌の解説を『名歌名句辞典』（三省堂）で読んだとき「『ぬれてやひとり』は後に制詞として模倣が禁じられた」と渡部泰明が記している箇所があって興味を惹かれた。制詞《せいし》とは中世歌学で〃これは最初に工夫して詠んだ人の言葉だから勝手に使ってはいけない〃とされた言い回しのこと。いわば商標登録済みの語というわけである。藤原為家の『詠歌一体《えいがいってい》』には「か様の言葉は、主々あることなれば、詠むべからず」として主々（所有者）のある言葉として、「ぬれてやひとり」をはじめとして「花の雪ちる」「菖蒲《あやめ》ぞかほる」「霧たちのぼる」「身を木枯しの」「月も旅寝の」など四十余りのフレーズをあげている。

家隆の歌の「ぬれてやひとり」が制詞の認定を受けるほどの抜群の表現なのかどうか私には判断に迷うところがあるが、それでもこの歌の上句と下句を優美に架け渡しているのは「ぬれてやひとり」であることは疑いない。そして思うのである。当代の歌の名手・家隆の歌の中に置かれていればこそ「ぬれてやひとり」は、相撲で言えば一代年寄に匹敵する風格を獲得できたのではないか、と。つまり、それほど家隆はすぐれた歌人であったのだ。

ということで、今回は家隆の歌を採り上げてみたい。彼の人物像については後述するとして、彼の詠んだ月の歌でかねてから愛誦している一首がある。第十四番ではその歌を読んでみたいと思う。

〈第十四番〉月

ながめつつ思ふも寂しひさかたの月の都の明《あ》け方《がた》の空

藤原家隆《ふじわらのいえたか》『新古今集』秋上

まつぶさに眺めてかなし月こそは全《また》き裸身と思ひいたりぬ

水原紫苑《みずはらしおん》『びあんか』

藤原家隆の月の都の歌を私が初めて知ったのは『新古今集』ではなく、倉橋由美子の掌編小説「月の都」においてであった。この小説には国文学者の「私」と飲み友達の呉氏が登場する。呉氏は道士（俗にいう仙人）という設定になっている。中秋の名月の夜、酒を酌み交わしつつ二人は月にあるとされる月宮殿について語り合う。

「広寒宮つまり月宮殿ですが、ここの庭になぜか高さ五百丈の桂の木がある。この月桂を一人の男が斫《き》り倒さうとしてゐる。ところが木には霊力があつて、斫るそばから切り口がふさがつてしまふ」

「『長生殿』の中ではまづ楊貴妃が夢で月へ行つて天女が舞つてゐる霓裳羽衣《げいしょうuい》の曲を聞いて帰り、目が覚めてからそれを譜に書きとめたとなつてゐますね」

「のちに貴妃を喪つてから、今度は玄宗が月へ行きます。貴妃の霊魂は蓬萊山に住んでゐることが判明した。そこで中秋の夜月宮で会はうといふ貴妃からの伝言に従つて、玄宗は仙橋を渡つて月に至る。（中略）もつてゐた杖を投げると、空中で銀の仙橋となる。それを渡つて月へ行つたといふわけです」

といった壮大な会話ののち二人は術を使って月の都へひとっ飛びで出掛けてゆくことになる。出迎えてくれたのは月の女神アルテミスならぬ羽衣をまとった女主人と数多の天女たち。歓を尽した、しかし肉体的疲労を伴わぬ一夜の快楽に浸ったあと、いよいよ夜明けが訪れる。月の世界で夜が明けるとはどういうことかと言えば、この世のものとは思えない夢幻的な世界が消えて、月面のあばたを照らす黄色い太陽がただひたすら照り付ける空間に取り残されることなのであった。しかもギリシア神話のシーシュポスのように月桂を伐り続ける苦役が待っているばかり。ああ、この虚しさは……という話の流れになり、小説の結びで「私」がつぶやくのがこの家隆の「ながめつつ」の一首なのであった。

倉橋由美子の小説は新古今時代の歌人家隆の明け方の月に託した雅な情感をじつに巧みに一篇の夢物語に仕立て直している。漢詩やギリシア神話からの知識が月への憧れに厚みを添え、最後に現代人のかかえる虚無感で締め括ったあたりのブラックな味わいが何とも秀逸。倉橋の「月の都」と併せて鑑賞することで家隆の歌はさらに魅力を増すだろう。

それにしても、家隆の、

ながめつつ思ふも寂しひさかたの月の都の明《あ》け方《がた》の空

の歌の上句から下句への発想の飛躍はすばらしい。上句は地上にいる自分が光の薄れる月を眺めて物思いに沈んでいる静謐な場面。それが下句でいきなり「ひさかたの月の都の明け方の空」と月宮殿に住む人の立場に成り代わって朝空を見つめているのである。魂の飛翔のさせ方が並大抵ではない、と驚いてしまう。

家隆は中納言光隆の子で、寂蓮の女婿となって俊成に歌を学んだ。和歌所寄人《わかどころよりうど》で『新古今集』撰者の一人。後鳥羽院の信任厚く、また実直な人柄でもあったようで、院が隠岐配流後も『遠島御歌合』に自作十首を送るなどして音信を絶やさなかったことが伝えられている。藤原定家と並称され、『十訓抄《じっくんしょう》』には良経がある日家隆を呼んで「いづれか勝れたる」とライバル定家への思いを問い質す場面も出てくる。優艶で技巧的な定家の作風に対して、家隆の歌は温和で順直とされている。しかし掲出の月の歌を読む限り家隆のイマジネーションの翼はまことにのびやか。目新しい語や強い語を一つも用いていないのに奇想天外とも言うべき「月の都の明け方」を宇宙空間ごと現出させたところに、彼の並々ならぬ力量をうかがい知ることができる。

そして現代短歌の月の歌として選んだ水原紫苑の、

まつぶさに眺めてかなし月こそは全《また》き裸身と思ひいたりぬ

も楚々とした歌言葉の伽藍の中にとてつもない個性の輝きを秘めている。家隆と水原の歌を比べてみると「ながめつつ」と「眺めて」、「寂し」と「かなし」といった語に共通性があり、二句切れのしらべも似ている。ただ、家隆の歌の枕詞「ひさかたの」のゆったりした声調に対して、水原の歌では「まつぶさに」「全き」という強い意味を持つ古語を重ねることでどこか切切《せつせつ》とした感じを醸し出している。また何よりも特徴的なのは、月を「全き裸身」と捉えてこの天体に不思議な肉体性を付与した点である。

「月こそは全き裸身と」を読んで男性の裸身を思い浮かべる人はまずいないだろう。月読命《つくよみのみこと》は荒ぶる男の神だが、「眺めてかなし」のたおやかな情感にはふさわしくない。また丸々とした幼児の裸も想像しにくいだろう。ここはやはり成熟した女性の裸身であらねばならない。しかも「全き裸身」と強調することでかえって先ほどまで衣をまとっていた姿が目に浮かび、裸身はいっそう鮮烈なものとなって現れてくる。

古来、月を擬人化して空を仰いで嘆いたり、問い掛けたりする歌は詠まれてきたが、月にここまでの身体性を与えた例はめずらしいと思う。

振仰《ふりさ》けて若月《みかづき》見れば一目見し人の眉引《まよびき》思ほゆるかも

大伴家持《おおとものやかもち》『万葉集』巻六-九九四

三日月の形を愛しい人の眉引（黛で描いた引き眉）になぞらえたこの歌にあえかに肉体性が漂うものの、「全き裸身」としての月のエロスと孤独にはとても及ばない。

ひさかたの月を抱《いだ》きしをのこらの滅びののちにわが恋あらむ　『くわんおん』
吉野にはなど死なざりし西行と問ふわが胸に月昇りけり　『あかるたへ』

水原にはこのような神秘的な月の歌もある。月と男らと滅び。西行と死と月。月が喚起する精神的肉体的な情動がつねに死や滅びと表裏一体であることに気付く。掲出の「まつぶさに」の歌がエロティックでありながらどこか冷えたまがまがしさを秘めているのは、この歌にも滅びの予感が流れているからかもしれない。裸身となって闇夜を渡る月、月に焦がれて抱きしめようとする男、そして一夜の宴ののちの虚無。水原の歌の背後からも月宮殿の庭の桂に打ち込む斧の音が響いてきそうで、ふと戦慄を覚えるのである。

さて、次は歌合せの第十五番に移りたい。またまた前後の脈絡もなく題を設定して恐縮なのだが、五月号ということなので、五月の第二日曜日の母の日にちなんで「母」を詠んだ歌を採り上げてみようと思う。

〈第十五番〉 母

世の中にさらぬ別《わかれ》のなくもがな千世《ちよ》もとなげく人のこのため

在原業平《ありわらのなりひら》『古今集』雑上

ボヘミアの古硝子ほどの水いろの空見ゆ母を想へば泣かゆ

春日井《かすがい》 建《けん》『井泉』

在原業平は六歌仙の一人で『古今集』に三十首も入集している平安前期の代表的歌人。『伊勢物語』の主人公とされ、恋多き男性として伝説化されている。伊勢斎宮や二条后（藤原高子《たかいこ》）などへの恋歌を残している。そんな業平だが、彼は恋の対象となる異性にのみ優しいわけではない。掲出歌は母である伊都《いと》内親王への返歌。業平はじつはひじょうに母親思いの男性でもあったのだ。

業平の母の伊都内親王は桓武天皇の第七皇女。阿保《あぼ》親王（平城天皇の皇子）の妻となり、在原行平と業平を産む。晩年は京都南部の長岡に住んでいた。宮仕えが忙しくてなかなか訪ねて来ない業平のもとに、ある日「とみの事（急な用事）」と言って母から手紙が届いた。開けてみると添え書きは何もなくて、

老いぬればさらぬ別《わかれ》もありといへばいよいよ見まくほしき君かな

『古今集』雑上

という歌だけが記されていた。このあたり、くどくどと息子への恨みを綴るのでなく〝私も老いたのでいつ避けられぬ別れ（死）が来るかもしれません。そう思うとますますあなたに会いたいのです〟と率直に願いを述べていることが胸を打つ。野口英世に宛てた母の手紙の一節「はやくきてくだされ　いしょ（一生）のたのみて　ありまする　にしさむいてわおかみ（拝み）ひかしさむいてわおかみ　しております」をふと思い出してしまった。

母からの歌に応えたのが掲出の業平の、

世の中にさらぬ別《わかれ》のなくもがな千世《ちよ》もとなげく人のこのため

の一首である。母の歌の「さらぬ別《わかれ》」の語を受けとめつつ〝世の中に避けられぬ別れなどなければよいがなあ。母に千年も長生きしてほしいと願っている私のために〟と慈しみを込めて返しているのが何とも心憎い。「千世もとなげく」にけっして口先だけのポーズではない思いやりが感じられる。若い女性に心を配るだけでなく母にも最大級の愛の言葉を送ってこそ「色好みのみやび男《を》」の面目躍如、といったところであろう。

伊都内親王は皇女として生まれ親王の妻となりながらも、波乱の人生を送った女性である。

夫の阿保親王は八一〇（弘仁元）年の「薬子《くすこ》の変」に巻き込まれて太宰府に流されてしまう。ちなみにこのとき阿保親王の弟・高岳《たかおか》親王も罪に問われ、仏門に入ったのちインドに向かう。澁澤龍彦の小説『高丘親王航海記』（文春文庫）の主人公のモデルはこの人物、すなわち業平の叔父ということになる（ただし、かなり設定を飛躍させているので、あえて「高岳」を「高丘」と変えている）。一方、阿保親王は「薬子の変」以降いったん罪を許されたものの八四二（承和九）年の「承和の変」でも詰め腹を切らされるかたちとなり、変の直後に亡くなってしまう。藤原良房を中心とする北家藤原氏の陰謀が背後にあったと言われている。

高貴な血筋に生まれながらも政争の渦に呑み込まれ翻弄されたのが伊都内親王・在原業平の母子と言えよう。そう考えると、母への業平の歌は単なる挨拶歌を越えて、人生の温もりと憐みを湛えたメッセージのようにも思われてくる。

現代短歌の母の歌として掲出した春日井建の、

ボヘミアの古硝子ほどの水いろの空見ゆ母を想へば泣かゆ

にも清らかな情感が流れている。春日井の第八歌集『井泉』は巻を開くと間もなく、入院と治療の歌が並ぶ。健康そのものであった春日井の咽喉に思いがけなく腫瘍が発見され、即日入院。入院生活は半年近くにも及び、その後も闘病を余儀なくされたのであった。六十代の息子と九十代の母（母は歌人の春日井政子である）の平穏な二人暮らしは病名を告げられた日から一変する。壮健とはいえ高齢で足腰の弱った母を労わりつつ暮してきたのに、今度は逆に自分のほうが母に心配をかける立場になってしまった。その心苦しさが春日井には最も辛かったことのように思われる。掲出歌は病院での放射線治療や東北のラジウム温泉での岩盤浴治療を終えて小康を得た日々の一首。母が好む窓辺の椅子に座して空を見上げながら、みずからの命を思い、母の命を思っている。

母の椅子より見る風景は狭けれどわがのどのこと想はずあれな
しづけさの涯には音があるといふ一日を椅子に掛けてゐる母

という格調高い歌も同じ一連に収められている。「ボヘミアの古硝子ほどの」という空の形容がいかにも洗練されていて、母のたたずまいを彷彿させる。無限に広がる青空でなくボヘミアングラスの深く繊細な水色の領域であることが哀しい。

「空見ゆ」「泣かゆ」の語尾「ゆ」の響きも美しく、泣きたいほど切実な歌なのだがどこかロマンチックな雰囲気に包まれている。

春日井の母の政子は「母を想へば泣かゆ」と詠まれて間もなく、九十四歳と十一か月の生涯を閉じる。歳晩の朝、外出する息子をいつも通りに見送ったのち突然の体調異変に襲われて事切れてしまったのであった。

薬膳をともに摂《と》りしはわれのため病まずに逝きし母のかなしゑ　『井泉』

母の死後、春日井はこう詠んでいる。咽喉を病む息子に合せて薬膳を摂っていた母。母の気遣いを申し訳ないとも有難いとも感じていた日々はもう二度とやって来ない。それは「かなしゑ」という感情には違いないのだが、その反面でかすかな安堵感も含んでいたように思われてならない。母が病に苦しむことなく亡くなったことへの安堵であり、母に逆縁の涙を流させずに済んだ安堵である。春日井の死は母の逝去から二年半余りのちであった。

業平母子と春日井母子の母と息子の歌。底に流れる悲哀はそれぞれに異なるが、悲しみを澄んだ伏流水として汲み上げながら典雅な抒情世界を創り出していることに惹かれる。母と息子だからこそ可能になった蜜のような泉のような、あるいは煙のような絆が、ここにある。

命・物思ふ

第十五番では在原業平、春日井建という男性歌人の詠んだ母の歌を採り上げた。母という語を目にして、ふと私は古典文学の中に「○○母」という名で呼ばれる女性作者が何人もいることを思い出した。『蜻蛉《かげろう》日記』の作者である藤原道綱母、百人一首で道綱母と隣同士に歌が並んでいる儀同三司母、帥大納言《そちのだいなごん》母とも言われる源経信母、また美福門院加賀は藤原定家母と呼ばれることもある。谷崎潤一郎の小説「少将滋幹《しげもと》の母」もあり、「○○母」という呼称にはどこか理想の女性像を思わせるような清らかでなつかしいイメージが漂う。中でもその生涯をたどるとき最も私の胸に迫るのは、儀同三司母である。そこで、第十六番では百人一首入集の彼女の歌にスポットを当ててみたい。

〈第十六番〉 命

忘《わす》れじの行《ゆ》く末《すゑ》まではかたければけふを限《かぎ》りの命《いのち》ともがな

儀同三司母《ぎどうさんしのはは》『新古今集』恋三

まがなしくいのち二つとなりし身を泉のごとき夜の湯に浸す

河野裕子《かわのゆうこ》『ひるがほ』

儀同三司母は高階成忠《たかしなのなりただ》の娘で、名は貴子《きし》。藤原道隆の妻となり、伊周《これちか》、隆家、そして一条天皇中宮となった定子《ていし》などを産んだ。儀同三司とは「儀、三司ニ同ジ」という意味。三司は太政大臣、左大臣、右大臣のことで、この三大臣と同じ身分ということは准大臣の高い位を指す。息子の伊周が後年（貴子の没後だが）「大納言の上に列すべし」という宣旨を受けたことから、母である貴子は儀同三司母と呼ばれたのである。夫の道隆が権勢の中心にあった九九四（正暦五）年、息子の伊周は若くして内大臣に昇進、娘の定子はすでに一条天皇の中宮に、同じく娘の原子《げんし》は春宮《とうぐう》妃として入内しており、貴子はこの世の幸のすべてを手にしていたと言っても過言ではない。もともと彼女自身が漢学に秀でた才媛で、円融院に仕える高内侍《こうないし》として知られていたのである。清少納言の『枕草子』には主の定子がいかに聡明で包容力ある女性であるか繰り返し描かれているが、定子の才質は母の貴子譲りのものかもしれない。

しかし、満ちた月は必ず欠ける。幸せな日々が暗転するのは九九五（長徳元）年の関白道隆の死によってであった。たちまち道隆の弟の道長が右大臣になり、「叔父・道長」対「甥・伊周」の対立が激化する。そして翌年には伊周側が敗れ、伊周は大宰権帥《ごんのそち》に、隆家は出雲権守《ごんのかみ》に左遷されてしまう。筑紫に下ろうとする伊周に貴子が泣きながらとりすがり、検非違使の制止を振り切ってついに途中の山崎まで同乗してしまったことが『栄花物語』の「浦々の別れ」に記されている。やがて半年後に貴子は悲嘆のうちに死去。九九七（長徳三）年に伊周と隆家は許されて京に戻ったものの、定子は一〇〇〇（長保二）年に崩御。中関白家（道隆の血を引く一族）の栄華が復活することはなかった。

さて掲出歌の、

忘《わす》れじの行《ゆ》く末《すゑ》まではかたければけふを限《かぎ》りの命《いのち》ともがな

であるが、これは貴子がまだごく若い頃の作である。内侍として仕えていた彼女のもとに道隆が通いはじめた当時の歌。歌意は〈けっして忘れないとあなたは言うけれど将来どうなるものかわかりません。ならばいっそ幸せの絶頂にある今日、燃え尽きてしまいたいものです〉となる。「ともがな」は格助詞「と」に終助詞「もがな」の付いたかたちで、願望を示す。愛の成就への歓喜と、その反面のおののき。幸せを永久保存するには今ここで命を絶つしかない、というパラドックスが捨て身の迫力を突きつけてくる。「夢なら覚めないで」「幸せすぎて怖い」といったやや通俗的な恋心とも通い合いつつ、この歌に込められた願いは普遍的な共感を呼び起こす。

島津忠夫は著書『新版百人一首』（角川ソフィア文庫）で契冲らの説を引きつつ、

こよひさへあらばかくこそ思ほえめ今日《けふ》くれぬまの命ともがな
和泉式部《いずみしきぶ》『後拾遺集』恋二

明日《あす》ならば忘らるる身《み》になりぬべし今日《けふ》を過ぐさぬ命《いのち》ともがな
赤染衛門《あかぞめえもん》『後拾遺集』恋二

といった同じような発想の女房歌人の歌と比べて、儀同三司母の歌にはほとんど自虐的ともいえる傷ましさや哀れさが湛えられていることを述べている。命という大切なものを衝動的に投げ捨てようとする激しさ、一途さ。そこにたしかに自虐の気配が漂い、歌の緊密度を高めていることに気付く。そしてまた、ピンと張りつめた韻律の中で詠い出しの「忘れじの行く末までは」の語の流れの美しさが心に残る。「忘れじの」の「の」の使い方がとりわけ巧み。「忘れじと人の言へども行く末は」などとすると薄まってしまうが、そこを「の」の力技《わざ》で「忘れじの行く末までは」と圧縮したことによって余剰を削ぎ落とした迫真性が備わった。

それにしても、歌とは言葉とは不思議なものだと思う。一点の翳りもない若き日に「けふを限りの命ともがな」と死を願った貴子の才気が、才気ゆえに晩年の悲運を予見してしまっているようでかすかな戦慄を覚えるのである。

一方、現代短歌の「命」の歌には対照的な一首ということで、身籠りの実感をのびやかに表した歌を選んだ。古典の女性歌人の詠む「命」が生命や健康というより恋の炎を象徴していたのに対し、戦後生まれの歌人にとって命は身体と不可分のものとして捉えられている。

掲出の河野の、

まがなしくいのち二つとなりし身を泉のごとき夜の湯に浸す

において「いのち二つ」は自身の胎内に新たな命が宿った状態を指す。一般に「身二つになる」は出産のことをいうが、この歌は「いのち二つ」である。また、ほぼ制作順に編まれた歌集の作品配列から考えても、妊娠を自覚して間もない頃の歌と思われる。母と子といえども別々の生命と人格をもっているわけだが、例外的に妊娠中は自分と子と二つの命がありながら一体化されたような、不思議な感覚に包まれることがある。殊に入浴時に胎動を強く意識することが多く、私もそのたびにうれしさと驚きを覚えたものであった。認識だけでは割り切れない、いわば動物的な身体感覚とでも呼ぶべき「命」の手応えと言えよう。すでに一九一二（明

治四十五）年刊の与謝野晶子歌集『青海波』に双生児を身籠ったときの、

不可思議《ふかしぎ》は天《てん》に二日《にじつ》のあるよりもわが体《たい》に鳴《な》る三《み》つの心臓《しんざう》
この度《たび》は命《いのち》あやふし母《はは》を焼《や》く迦具土《かぐつち》ふたりわが胎《たい》に居《ゐ》る

という歌がある。今から約百年前なので出産に伴うリスクははるかに大きかった。何度も出産を経験し双子を産んだこともある晶子だが、執筆と育児で疲れた身にこのときの妊娠出産はまさに「命あやふし」の重さを持っていた。とは言っても「天に二日のあるよりも」「母を焼く迦具土」といった表現にはとてつもないスケールの大きさが託されており、生と死の神秘を伝えてやまない。

河野の歌は与謝野晶子を始めとして五島美代子や石川不二子などの身籠りの歌を踏まえた上で、さらにそこに出産が原初的にもつ哀しみを見いだそうとしている。「まがなしく」は命を生み出すことへの誇らしさを示すと同時に、この世に命を送り出してしまうことへの罪深さをも表していよう。ただ、下句の「泉のごとき夜の湯に浸す」はまことに豊潤である。羊水の比喩と捉えるよりも、母から祖母そして遠い母系の祖へとつながる流れを「泉」に読み取りたい気がする。すなわち命の永続性を希求しつつ、その一方で命のはかなさを犀利に知り分けている歌なのである。命のかかえ持つ二律背反への心寄せ。それはまた、儀同三司母の歌からもたしかに揺らめき立ってくる情感と言ってよいであろう。

さて、第十六番では百人一首所収の「命」の歌を読んでみた。百人一首には「命」を含む歌が八首もある。そこでさらに興味をもって調べてみると、百人一首に出て来る語では「逢ふ」も多く、それよりも目立つのは「物思ふ」という動作（というか状態）であることがわかった。現代でも「思ふ（思う）」ならば頻繁に用いている。しかし「物思ふ」となるとやや敷居が高い気がして、使用頻度はぐっと低くなっているだろう。次はそんな使えそうでいて使えない動詞「物思ふ」について考えてみよう。

〈第十七番〉　物思ふ

長《なが》からん心も知《し》らず黒髪《くろかみ》の乱《みだ》れてけさはものをこそ思へ

待賢門院堀河《たいけんもんいんのほりかわ》『千載集』恋三

もの思ひてたましひ暗むゆふまぐれ発語せざれば熱しことばは

高野公彦《たかのきみひこ》『淡青』

『日本歌語事典』（大修館書店）の「物思ふ」の項目を引くと〈とりとめもなく思いわずらう。

物思いをすることは「あはれ」を知ることであり、美的生活の一つの理念。恋の物思いともっと広い物思いとがある。「こころ」などとともに和歌の主要な主題の一つ〉と注釈を付して五十首余りの例歌が並んでいる。掲出歌は黒髪の歌としても知られるが、

もの思《おも》へば沢《さは》のほたるもわが身《み》よりあくがれ出《い》づるたまかとぞ見《み》る
和泉式部《いずみしきぶ》『後拾遺集』雑六

はかなくて過《す》ぎにしかたをかぞふれば花にもの思《おも》ふ春ぞへにける
式子内親王《しょくしないしんのう》『新古今集』春下

とともに「物思ふ」歌の代表作と言ってよいだろう。「久安百首」にて「恋の心をよめる」と題しての一首。「乱れて」に後朝《きぬぎぬ》の髪の寝乱れと男の心変わりを案じて思い乱れる心情が掛けられている。意味の上では「心も知らず」で二句切れになるのだが、心情的には「心も知らず黒髪の」と二句から三句目へしらべを覆い被せるようにして読みたくなる。意味としらべのその微妙なズレが典雅な文体に屈折感をもたらしている。加えて、「けさは」の助詞「は」の取り立てて言う強さや、結句「ものをこそ思へ」の〝こそ・已然形〟の緊迫感も歌の味わいを醸し出している。

待賢門院堀河は待賢門院璋子《しょうし》に仕えていた女房。主である璋子は十二世紀初めの院政期の

宮廷でひときわ輝きを放った人物である。彼女は鳥羽天皇の中宮となって崇徳天皇を産む。しかし背後に複雑な事情があった。崇徳天皇はじつは白河法皇（鳥羽天皇の祖父。院政を布いて権力を握っていた）と璋子の間の子だったのである。そのことを承知していた鳥羽天皇は白河法皇が病死するやたちまち報復手段に出る。璋子を遠ざけて太政大臣藤原長実の娘の得子《とくし》を入内させる。そして崇徳天皇を退位させて得子の産んだ近衛天皇を皇位につけたのである。まるで山崎豊子の小説『華麗なる一族』の愛憎ドラマを見るようだ。鳥羽上皇と崇徳院の対立を発端とする争いはやがて保元の乱へと展開し、ひいては武士の政界進出への契機となってゆく。璋子は崇徳天皇譲位の折に出家。堀河たち女房もこれに殉ずるかたちで出家した。王朝の美意識に安穏と身を委ねているかに見える女流歌人たちであるが、実際は激動の時代の渦に呑み込まれながら歌を詠んでいたわけである。もっとも、堀河は出家したのちも歌合せの場に参加したり西行と歌の贈答をしたりして、精神的な華やかさは失っていない。

このように王朝和歌の明暗織り成す「物思ふ」の歌を鑑賞したあとで現代の「物思ふ」の歌を読むと、じつに心情の彫りが深くて哲学的な印象さえ受ける。

もの思ひてたましひ暗むゆふまぐれ発語せざれば熱しことばは

この高野の掲出歌はふつふつと滾る思いを抑制しながら、思索するとは何か、言葉を発するとは何か、という根源的な問い掛けに向き合っている一首である。思いを発酵させることでたましいは暗く重く沈んでゆく。しかし発語によって思考を発散すれば救われるのかといえば、けっしてそうではない。「発語せざれば熱しことばは」と作者は言う。解放を禁ずることによって逆に言葉は熱く高まってゆくのだ。そう言い切る結句にいつしか納得させられる。

高野は初期の頃から言葉の選択にひじょうにきめ細やかな心配りをしてきた表現者である。動詞「思ふ」についても高野流のこだわりを随所にうかがい知ることができる。かつて私は評論集『名歌集探訪』（ながらみ書房）で高野の第二歌集（刊行順では第一冊目）『汽水の光』に「思ふ」「おもふ」「思ほゆ」「思ひ出でて」など思考に関する語が多彩に使い分けられている点を論じたことがある。掲出歌を含む第三歌集『淡青』には、

地下茶房にコーヒーを飲み昼休み動詞「おもふ」の中にわが棲む

という印象的な歌がある。平がなで、しかも「　」付きで「おもふ」と表されたとき、思うことは「物思ふ」ことに限りなく近づいている。この歌に描かれているのは彼が出版社勤務だった頃のある日のひととき。コーヒーの香りと煙草の煙の満ちる地下茶房で周囲の喧騒をよそにしばし「おもふ」というシェルターに棲息している。動詞の中に棲む、という発想に奇抜でありながら何ともリアルな手触りがあり、そのとき作者を包んでいた空間の弾力まで見えてく

るようだ。

あらためて考えると、物思いに沈むことは「物思ふ」という繭の中に蚕となってじっと身をひそめていることに違いない。待賢門院堀河の歌では繭の外側に貴族社会から武家社会へと移りゆく時代が音を立てて流れていた。一方、高野の歌の場合に繭の外側に広がっているのは、現代社会の空気である。その空気は一見平穏だが、たましいを伴わぬ薄い言葉が飛び交うばかりのあまりに手応えのない生活空間とも言える。このように二つの歌の背景は大きく異なっている。しかし繭の中で歌人が紡ぐ言葉と心は、どちらも何と美しい宇宙を形成していることであろう。二つの歌を読みながら、私たちは「物思ふ」ことの豊穣がはるかに時空を越えて現代に受け継がれていることを知るのである。

衣・枕

日差しがすっかり夏めいて、街行く人々に半袖やノースリーブの目立つ季節となった。学生たちの装いもすでに夏服。

「衣更え」という言葉をふと思い出す日々である。衣更えは「更衣」とも書く。『広辞苑』によれば「平安時代の公家は、四月に薄衣（袷《あわせ》）、五月に捻り襲《がさね》、六月に単襲《ひとえがさね》、八月一日から十五日まで捻り襲、八月十六日から九月八日まで生織《きおり》の衣、九月九日より生織の衣の綿入れ、十月から三月まで練絹《ねりぎぬ》の綿入れを着用」とあり、季節の推移に応じてかなり厳密に衣装を変えていたことがわかる。また、更衣という語は帝に仕える女性の役職を連想させる。『源氏物語』の冒頭の一文、「桐壺」の巻の「いづれの御時《おほむとき》にか、女御《にようご》、更衣《かうい》あまたさぶらひたまひける中に……」は最もよく知られた一例であろう。女御も更衣も後宮の女性の名称だが、女御は大臣以下の公卿の娘がなり、更衣は公卿またはそれ以下の官職の者の娘がなる。帝の第一の后である中宮は女御の中からしか選ばれないので、更衣は女御の下位に位置する身分ということになる。身分的には低いのだが、光源氏の生母の桐壺更衣が帝からの寵愛を一身に集めたように、「更衣」という立場にはどこかなまめかしい雰囲気がある。帝の衣の召し換えに仕える、といった現場性を伴った語の感触が（必ずしも具体的な職務ではないにしても）生身の肌合いを思わせるからであろう。

そこで今回は、古典と現代の二人の女性歌人の「衣」の歌を読んでみることにした。題は「衣」としたが、今は衣は洋服、和服、夏服、制服など「服」と表されることが多いため、現代短歌のほうは「服」のかたちで詠まれた歌を選んだ。

〈第十八番〉衣

いとせめて恋《こひ》しき時はうばたまの夜《よる》の衣《ころも》を返してぞ着る
小野小町《おののこまち》『古今集』恋二

帰国せし人三越《みつこし》に服えらぶこの国はただ服の照る国
米川千嘉子《よねかわちかこ》『滝と流星』

『古今集』の恋歌二は巻頭から三首続けて小野小町の歌が並んでいる。

思ひつつ寝《ぬ》ればや人の見えつらむ夢と知りせば覚《さ》めざらましを
うたた寝に恋しき人を見てしより夢てふものは頼みそめてき
いとせめて恋《こひ》しき時はうばたまの夜《よる》の衣《ころも》を返してぞ着る

三首を順に読むと恋心と夜着（夜の衣）の織り成すファンタジーを見る思いがする。当時の俗信で、夢に見るときは相手が自分のことを恋い慕っているから、とされていた。一首目は相互の立場を変えて、自分が相手を思っていたから夢に出て来てくれたのだ、と喜んでいる。念ずればかなう、ではないが、積極的に夢に願いを託そうとする女ごころがいじらしい。三首目にあたる掲出歌ではさらにもう一つ、衣を裏返して着ると恋しい人に夢で会えるという慣わしに賭けている。逢瀬のままならぬ恋なのだろう。「いとせめて」に胸の苦しくなるほどの慕情が込められている。夜着を裏返しに身につける、とはあらためて想像すると陳腐な気もするが、当時は奥ゆかしい習俗とされていたに違いない。後朝《きぬぎぬ》は共寝した男女が翌朝別れてゆくことを指し、「衣衣《きぬぎぬ》」とも書く。一夜を過ごすとき互いの衣を重ねておくのだが、それをまたそれぞれ身につけることからこの優雅な語が生まれた。いっしょにいるとき重ね合う衣だからこそ、一人寝のときは寂しさのあまり裏返しにしたのだろう。

狭筵《さむしろ》に衣《ころも》片敷《かたし》きこよひもや我《われ》を待つらむ宇治《うぢ》の橋姫

よみ人しらず『古今集』恋四

一人寝の衣は「衣片敷《ころもかたし》き」という表現でも詠まれている。宇治橋を守るとされる女神の橋姫。宇治に住む愛人を橋姫に見立て、〝都から遠くてなかなか逢いにゆけないので彼女は今宵も筵の上に一枚だけ自分の衣を敷いて待っているのだろうか〟と思い遣っている。衣を片敷く宇治の橋姫の趣向はのちに後鳥羽院をはじめとする『新古今集』時代の歌人に愛され、「かたしき衣」「かたしきの袖」「月をかたしく」などの何首ものバリエーションが試みられているのも興味深い。

掲出の小町の衣の歌は恋歌二に入っているので、まだ恋がそれほど深みに至っていない段階のもの。情念とか怨念には遠い初《うぶ》なときめきに縁取られている。それでいて、歌の中に寝具(枕や夜の衣)が出て来るというのは肉体関係を匂わせているわけなので、妖艶な雰囲気もほのかに漂う。小野小町については伝不詳だが、仁明《にんみよう》天皇の更衣だったという説がある。また、『古今集』仮名序に「小野小町は、いにしへの衣通姫《そとほりひめ》の流なり」とも記されている。衣通姫は日本書紀に登場する允恭《いんぎよう》天皇の妃。美しさが衣を通しても外に輝き出るのでその名が付いたという。小町の衣も天女の羽衣のようにしっとりと輝いていたはずである。

古典の「衣」がこのように非実用的な恋愛アイテムであったのに対し、現代短歌の「服」はどうであろうか。

帰国せし人三越《みつこし》に服えらぶこの国はただ服の照る国

米川のこの歌は「服の照る国」の章の一首で、この一連には北朝鮮拉致被害者の一人である曽我ひとみさんの帰国直後の姿を詠んだ歌が何首か収められている。

わたくしの時間のうらに時間ありて曽我ひとみさん（四三歳）あらはる
人の時間は雨粒ほども交はらず拉致のテレビをなほ見続ける

一首目には「拉致被害者帰国、曽我さんは同年生まれ」と詞書がある。十八歳のときに拉致され、二十五年後に帰ってきた曽我さん。同い年ということもあってとりわけ彼女のくぐり抜けた歳月に強い衝撃を覚えたのだろう。米川にとっての二十五年間は短歌と出会い、就職、結婚、出産を体験した日々であった。曽我さんも北朝鮮に連れて行かれたのち結婚して二人の娘を授かったわけだが、しかし日本の私たちが自分の意志で選び取った人生と拉致被害者の曽我さんの生き方とは根本的に異なる。青春期から壮年期にわたる大切な歳月だったのに、という痛ましさが一首目の「（四三歳）」に端的に表れている。帰国後しばらくして故郷の佐渡に戻り、看護師に復職した曽我さんだったが、二年間あまりは家族が日本に来ることが叶わず、内心はかなり不安定な毎日を過ごしていた。にもかかわらず、たびたび報道のカメラに追われ、過度と思われるほど一挙一動が注視されることがあった。

掲出歌は「三越に服えらぶ」のあらわすぎるほどの具体性に女性ならではの視点がうかがえてハッとした。老舗デパート三越。四十代の女性に似合いそうな洋服がいっぱい売られている。実際、拉致被害者の人たちは帰国直後は（日本人から見ると）流行遅れの服装をしているように見えた。品質は良いのかもしれないがサイズが大きすぎる感じで、髪型も古めかしい印象であった。けれどもたちまち洗練された装いに変わり、テレビで見るたびに女性は美しく、男性は若々しくなっていった。北朝鮮では歯科治療を受けることがむずかしいらしく、帰国直後の曽我さんたちは歯並びが不揃いのように見えたが、日本で歯科医にかかってすっきりとした口元になっていたことも、イメージ一新の要因であろう。

日に日に元気にきれいになる曽我さんを見て私などは単純に「よかった！」と思っていたのだが、米川はそうした表層の華やぎのもっと奥を凝視していた。モノだけが溢れ返る国、被害者の心の痛みに寄り添おうとしない国、拉致問題を二十年以上も看過した国。日本は見せかけが照り輝いているだけの国なのではないか、という問い掛けが鋭い。ここで「服」は消費社会を象徴する物品として用いられているのだが、食べ物でも電化製品でもなく三越で売られている服であるところに、同い年の女性の心理が反映されていて、説得力を感じさせる。

待つ女の祈りを託した小野小町の衣。外側を飾っても心までは包んでくれない曽我さんの衣。女と衣の関わりには昔も今も曰《いわ》く言い難い情感が伴うようである。

ところで、先ほど古典和歌の恋歌に出てくる寝具は言外に肉体関係を表していることを述べた。衣とともにしばしば恋歌に詠み込まれている寝具に「枕」がある。そこで次なる第十九番の題はこの「枕」にしてみたい。

〈第十九番〉枕

しきたへの枕のしたに海はあれど人をみるめは生《お》ひずぞありける
紀《きの》友則《とものり》『古今集』恋二

わが夢は現《うつつ》となりてさびしかり田居のすみかに枕を並ぶ
川田《かわだ》順《じゅん》『東帰』

紀友則の歌を初めて読んだとき、私はすぐに、

水枕ガバリと寒い海がある
西東三鬼《さいとうさんき》『旗』

を思い出した。三鬼のこの句には「死の影が寒々とした海となってせまった」と自注がある。寝返りを打ったとき耳元で鳴った水枕の音を死の足音と聞いた。そんな凄絶な場面である。対して、友則の歌の枕の下の海は人恋う涙がたまってできたもの。いかにも大げさな！と笑ってしまうが、溢れる涙を川にたとえる「涙川」の発想は『古今集』の頃から盛んに用いられ、涙川で袖が濡れたり涙川の底の藻屑となったり、果ては涙川に身を投げようとする歌も詠まれるようになって、さながら落語の「頭山《あたまやま》」のルーツかと思われる世界が繰り広げられる。けっしてユーモア精神を発揮しているわけではなく、精一杯に誇張して表現することが恋心を示す際の美意識とされていたのである。

友則の歌はいっさいの説明を省いて「しきたへの枕のしたに海はあれど」と言い切ったのが大胆かつシュール。枕詞「しきたへの」の響きも端正である。ただ、下句は現代短歌を読み慣れた私の目にはいささか言葉遊びに凝りすぎているように思われる。海とのつながりで海藻である「みるめ（海松布《みるめ》）」を導き出し、「恋しい人を見ることができない」の意味と「海松布はこの海には生えてこない」を掛けている。縁語や掛詞を縦横にめぐらした修辞的工夫のうかがえる歌で、当時は上句よりも下句によって評価された歌なのかもしれない。

ともあれ、涙の川のさらに豪華版の「涙の海」を設定し、そこに海藻まで介在させる自在さはすばらしい。平安時代の貴族は草や木で作った枕を用いていたと思われる。身分が高い者の場合は美しい織物で飾ったり、あるいは陶枕も用いられたかもしれない。枕に頭を乗せていると、ひんやりした感覚にいつしか全身が水に浮かぶ錯覚に襲われることもあっただろう。まるで『ハムレット』のオフィーリアのようで、小さな枕から無限の空間が広がってくる。

さて一方の現代短歌は一九五二（昭和二十七）年刊行の川田順歌集『東帰』の一首、

わが夢は現《うつつ》となりてさびしかり田居のすみかに枕を並ぶ

である。川田は十六歳で佐佐木信綱に入門して「心の花」創刊に同人として参加。そののち北原白秋や木下利玄とともに「日光」創刊にも加わった歌人である。第一回芸術院賞を受賞し皇太子の作歌指導をするなど錚々たる歌歴の持ち主である一方、財界人として住友本社常務理事まで昇りつめた。川田順の名を文学界や経済界を超えて世間に知らしめたのは戦後の鈴鹿俊子との恋愛事件であった。すでに住友を退職して妻とも死別、京都で『新古今集』の研究に没頭していた川田は人妻の俊子と出会い、恋に落ちる。一九四八（昭和二十三）年に川田が自殺未遂を図ったことで二人の道ならぬ恋は「老いらくの恋」と呼ばれて世間の注目を集めることになった。追い詰められた二人だったが、やがて俊子の離婚が成立。晴れて結ばれ、一九四九（昭和二十四）年に京都から神奈川県国府津《こうづ》へ移って新生活を始めた。六十七歳であった。

掲出歌はそうした暮らしがはじまってしばらく経った頃の一首。川田と俊子の恋のいきさつについては辻井喬の小説『虹の岬』（中公文庫）に詳しく描かれている。作者の辻井は知られているように財界人・堤清二でもある。それゆえ、辻井の描く川田順は単に歌人としてのみの人物ではない。経済界トップの立場で川田が昭和という激動の時代といかに対峙したかが、戦争責任を含めた文学者の立場とクロスしながら掘り下げられていて、読み応えがある。

小説『虹の岬』で、掲出歌は次のような清冽な文章の中に引用されている。

桃が咲き、桜が山裾を霧のように彩る頃になれば、いっせいに鶯も雲雀も囀りはじめる。やがて蜜柑が白い花をつけると杜鵑《ほととぎす》が鳴き、小綬鶏がけたたましく叫び立て、雨上りの日は雉子が高い声で啼き交わすだろう。川田はここへきてはじめて昔の人が冬に耐えて春を待つ、と歌った意味が分ったような気がした。いつのまにか自分の感性が、住友時代とも、その後の京都時代とも変ってきているのを悟った。それが進歩なのか退歩なのかは分らない。そう思った時、自然に「わが夢は現に《ママ》なりてさびしかり田居のすみかに枕を並ぶ」という歌が出来た。

東京に生まれ育ち、大阪の住友に勤め、退職後は京都に暮した川田。彼にとって六十代半ばでの国府津の「田居《たい》のすみか（田んぼに囲まれた住まい）」は、二十七歳年下の妻との日々であった。「さびしかり」に苦しい恋を遂げたのちの虚脱感やロマンチスト川田順の現実への無力感、さらに忍び寄る老いへの心の翳りを読み取る人があるかもしれない。しかし「さびしかり」の内実をあまり細かく解き明かしたくない気がする。手つかずの自然に無心に身を委ねたとき、川田の内部から湧き上がってきた青年性あるいは少年性といってもよいようなピュアな感覚があった。それが「さびしかり」の本質だったのではなかろうか。

結句は妻と枕を並べて寝ている様子だが、「床を並ぶ」でなく「枕を並ぶ」にしているのも周到に思われる。「床」では身体性が前面に出すぎるだろう。「枕を並ぶ」によって二人でともに風音や雨音を聴き、闇や光を感じ、そして静かに語り合っている場面が浮き彫りにされている。

ほととぎすそのかみ山の旅枕《たびまくら》ほのかたらひし空ぞ忘《わす》れぬ

式子内親王《しょくしないしんのう》『新古今集』雑上

この歌の「旅枕」を川田の歌の「枕を並ぶ」からふと思い出した。式子内親王の歌は少女時代に賀茂神社の斎院だった頃を追想する一首。神に仕える身になって俗世からいったん隔離された日々を、清らかな真空を眺めるように振り返っている。ひとときの「旅枕」なればこそいつまでも色褪せず慈しみに満ちている斎院の時間。川田順にとっての田居の生活の「さびしかり」の心情も、ひょっとすると旅人特有のノスタルジアだったのかもしれない、と思われてくる。国府津に定住するかしないかという意味ではなく、川田には人生そのものが長く果てない「旅枕」だったのではないか。現《うつつ》よりも少しだけ多く夢のほうを愛した者の旅枕の寂しさを、川田の歌から味わいたいと思う。

石・涙

第十九番では〝あなたを慕って泣きに泣いたので枕の下に海ができてしまいました〟という紀友則の歌を採り上げた。古典和歌のとりわけ恋の歌にはこうした大げさな言い回しがしばしば登場する。荒唐無稽で読むに耐えないという人もあるかもしれないが、私はこの破天荒な感じがかなり好きである。だから今回も、涙にまつわる型破りな表現の歌を選んで第二十番としてみたい。

〈第二十番〉 石

わが袖は潮干《しほひ》に見えぬ沖の石の人こそしらねかわくまぞなき

祖父の齢ひとつ越えいま思ふなり意志とは石ぞ石は芽を吹く
　　　　二条院讃岐《にじょういんのさぬき》『千載集』恋二
　　　　時田則雄《ときたのりお》『ポロシリ』

二条院讃岐は平安末から鎌倉初期にかけて活躍した歌人。武門の歌人・源頼政の娘で、二条天皇に出仕。その後に後鳥羽天皇中宮の任子《にんし》にも仕えている。俊恵《しゅんえ》が主宰した歌林苑《かりんえん》の歌会にも会衆として加わるなどして、七十代後半になるまで旺盛に活動したようである。

掲出歌の歌意は〈あの人を思う涙でわたしの袖はぐっしょり濡れています。まるで引き潮のときにも見えない沖の石のように乾く間もありません〉。題「寄石恋」（石に寄する恋）のもとに詠まれた一首。「寄月恋」や「寄笛恋」などの典雅な題ならわかるが、「寄石恋」のいかにもぶっきらぼうな感じが面白い。十二世紀末のこの時期、歌題が次第に細分化され技巧が尖鋭化されて、「寄獣恋」「寄商人恋」など一見すると奇妙な題まで出現することがあった。もっとも、石に寄せて恋心を詠む趣向はそれほど珍しいものでなく、讃岐の父の頼政の歌に、

ともすれば涙に沈《しづ》む枕かな汐《しほ》満つ磯（いそ）の石ならなくに
　　　　源頼政《みなもとのよりまさ》『頼政集』
厭《いと》はるる我が汀（みぎは）には離《はな》れ石のかくる涙にゆるぎげぞなき

などがあり、和泉式部にも袖と石を詠み込んで恋の涙を表した歌がある。物体としての「石」を想像すると無味乾燥のイメージになるが、おそらく当時の石は珠玉につながり、魂のこもった対象として捉えられていたのであろう。

讃岐の掲出歌に戻ってみよう。

わが袖は潮干《しほひ》に見えぬ沖の石の人こそしらねかわくまぞなき

この歌は父の頼政の歌と似通った発想に基づいているが、頼政の歌が磯の石や汀の離れ石といった浅瀬の石を配しているのに対して、「潮干に見えぬ沖の石」というはるか遠くの深いところに沈む石に心を託したところが、断然すぐれている。この一首をもって彼女が「沖の石の讃岐」と評価されたのはまことに納得のゆくところで、沖の石だからこそ記憶に刻み付けられる一首になった。

この歌はしらべの上でもドラマチックで魅力的だと思う。「わが袖は潮干に見えぬ沖の石の」までが序詞のようなかたちで四句目に掛かり、「人こそしらね」を導き出す。「石の」の「の」は直喩「ごとく」と同様の働きをしているわけだが、第三句「沖の石の」を字余りにして「の」を強く働かせたことで、絶妙な言葉の流れを生み出している。また、下句の「人こそしらねかわくまぞなき」の息づかいも見事。強調の意の助詞「こそ」の醸し出す張ったしらべが第三句の字余りをきっぱりと受けとめ、さらに結句「かわくまぞなき」の詠嘆へと心情をきめこまやかに橋渡ししている。

讃岐の父の頼政は源三位《げんざんみ》頼政とも呼ばれる人物。保元・平治の乱に武勲を立てるが後に以仁《もちひと》王を奉じて平氏追討を図り、事破れて宇治平等院で自害した。『平家物語』に颯爽とした逸話が収められており、頼政のファンは多い。彼が平等院で果てる際に詠んだ、

埋《う》もれ木の花咲くこともなかりしに身のなる果《は》てぞ悲しかりける

源頼政『平家物語』巻四

という歌がある。この歌と讃岐の「沖の石」の歌は全く異なる状況を詠んでいながら、歌のしらべの引き締め方や撓め方にどこか通じるもののある気がする。三句目でたっぷりと言葉を撓めた後で四句目に「こそ」や「ぞ」といった助詞でアクセントを付け、さらに結句で余裕をもって収める。心憎いばかりの緩急のめりはりが、意味だけでなく韻律の上からも読者を酔わせてくれるのである。父から娘への歌のＤＮＡはたしかに受け継がれている、と思わせられる。

一方、現代短歌の「石」の歌も祖父から父へ、そして父から作者へと受け渡されてゆく「石」ならぬ「意志」を詠んだ、

祖父の齢ひとつ越えいま思ふなり意志とは石ぞ石は芽を吹く

を採り上げてみた。時田則雄は北海道帯広で農業を営んでいる。海峡を渡って北海道にやって来た祖父が切り拓いた農地。いのちの結晶のような大地は父を経て時田へと受け継がれ、馬鈴薯や小麦や長芋などが大規模に栽培されている。第一歌集『北方論』以来、つねに十勝の農業の現場から言葉を発信してきた時田則雄。第九歌集にあたる『ポロシリ』においても「自称・野男《のおとこ》」の熱い心意気は健在である。ただ、本歌集の作品制作時期、彼の身辺は明るい出来事ばかりではなかった。妻の病、農業の後継者になってくれるはずだった娘婿の急逝、また農場経営をめぐるむずかしさから離農する者が増える現状など、厳しい問題と直面せざるを得ない日々だったようである。そうした明と暗の織り成す歳月の中から生まれた『ポロシリ』の歌群の中で、掲出歌をはじめとする「石」の歌に心を惹かれた。

春の陽に石の蕩《とろ》ける夢を見ぬ石も力をぬくときがある

石を叩き降る雨の音聞きながら水母の時間に浸りてをりぬ

馬鈴薯と共に掘られし石たちが朝の光を浴びて綻ぶ

玉石よどけ退けどけぬといふのなら土の真ん中に鋤き込んでやる

農場の春は近しと樹が石が筋骨たちが浮かれはじめぬ

何首かを引用してみたが、これらの作品に詠まれた石たちは何と自在な表情を持っていることだろう。蕩ける石、力を抜く石、雨に打たれて水母のように漂いそうな石、朝日に綻ぶ石、土に鋤き込まれる玉石、浮かれ出す石。どの石もじつに親しみ深く、チャーミングである。そして、つねに大地と一体化しながら「石」が描かれていることが心に残る。掲出した作品の「石は芽を吹く」と詠まれた石などは、まさに土に育まれ土から力を与えられている石なのだと言えよう。いつのまにか石は作者の存在そのものと重なり合うように思われてくる。そういえば時田の第七歌集のタイトルは『石の歳月』だった、と思い当たる。彼は野男であり、十勝の石の男でもあるのだ。二条院讃岐が「沖の石の讃岐」と称されたことにちなんで、ふと時田則雄を「野の石の時田」と呼んでみたくなったことである。

さて、次に第二十一番に移ろう。しつこいようで恐縮だが、あと一回だけ「涙」に関する独特の発想が見られる歌を読んでみたいと思う。第十九番や第二十番では涙がたまって海になるという巨視的視点の歌を鑑賞したが、今回は逆バージョンに目を向けてみよう。滑稽なまでに涙をささやかなものとして扱った歌である。

〈第二十一番〉涙

雪のうちに春は来にけり鶯《うぐひす》のこほれる涙《なみだ》今やとくらむ

藤原高子《ふじわらのたかいこ》『古今集』春上

ほんとうにおれのもんかよ冷蔵庫の卵置き場に落ちる涙は

穂村《ほむら》　弘《ひろし》『シンジケート』

『古今集』では藤原高子《たかいこ》の歌は「二条后《きさき》の、春の初《はじ》めの御歌《（おほむ）うた》」と詞書があり、作者名は付されていない。后の歌は詞書の中で名を記すのが慣例であったようだ。高子は藤原長良の娘で基経の妹。藤原氏と天皇家の結び付きを強固にするため、政略結婚の具として清和天皇の妃となり、陽成《ようぜい》天皇をもうける。だが『伊勢物語』四段や『古今集』恋歌五の巻頭歌では在原業平との間に許されぬ恋があったことが匂わされている。波乱万丈のヒロインだったと言えよう。

その高子の詠んだ涙の歌は、恋のドラマとは正反対にまことにあどけない着想の一首。『古今集』の巻頭から四首目に置かれている。雪はまだ残っているが暦の上では春がめぐってきた。春を迎えるときめきに鶯の目に凍っていた涙もきっと溶けるでしょう、と詠んでいる。「鶯のこほれる涙」の細かさが興味深い。鶯の目に睫毛が生えていてそこに溜まった涙が薄く凍っていたのだろうか、などと突拍子もない想像を誘われる。鶯の全身が寒さに凍えそうになるだけでも印象的なのに、凍る涙にまでさらに焦点を絞り込んだあたり、究極のトリビアリズムといった感がある。

松尾芭蕉の句に、

行《ゆく》春や鳥啼《なき》魚の目は泪《なみだ》　『おくのほそ道』

があって、魚の目を濡らす涙に心をとめているわけだが、高子の「鶯の涙」と芭蕉の「魚の泪」は着眼点の細密さにおいて好一対であろう。

高子の歌は瑣末な視点がちょっと面白い歌、とのみ見なされてしまいがちだが、よく読むとなかなか気持ちのこもった味わいが感じられる。春を呼ぶ鳥・うぐいすは動きが敏捷で声も美しく、ひじょうに愛らしい。そうした小さなものへの慈しみが、自然界のいのちや季節への心寄せとなって、優雅な歌空間を紡ぎ出している。

清少納言の『枕草子』第一五一段では「うつくしきもの」がさまざまに列挙されている。ここでいう「うつくしきもの」は可愛らしいもの、というほどの意味。這い這いをする幼児のしぐさ、雛飾りの小さな調度品、雀の子の飛ぶ様子などいくつもの幼くて愛くるしいものを並べ、「何も何も、小さきものはみなうつくし」と言い添えているのがまことにほのぼのとしている。小さなもの、幼いものの持つ独特の美。つい忘れ去られがちになる素朴なもののうるわしさが、ここにはあるように思う。

梅の花見にこそ来《き》つれ鶯《うぐひす》のひとくひとくと厭《いと》ひしもをる

よみ人しらず『古今集』雑体

青柳《あをやぎ》を片糸《かたいと》に縒《よ》りて鶯《うぐひす》の縫ふてふ笠《かさ》は梅の花笠《はながさ》

よみ人しらず『古今集』巻二十

鶯の愛嬌たっぷりの姿はよほど好まれていたようで『古今集』にはこのような楽しい鶯の歌もある。一首目、鶯はホーホケキョと鳴くとされるが、梅の花を見に来た人々であまりに騒がしいので「ひとく（人来）、ひとく（人来）」と嫌がっているよ、と茶化している。二首目は巻二十の「神あそびのうた」に収められている一首。神を祀るときに奏されたものであろう。歌意は〈青柳の枝から枝へ飛び移る鶯はまるで青柳を糸にして笠を縫い上げているようだ。そうやって梅の花笠をつくっているんだよ〉。心浮き立つような晴れやかさに満ちている。歌が意味偏重の理詰めに傾きそうになったとき、こうした鶯の歌を思い出してみるとよいかもしれない。

トリビアリズム、幼さのうるわしさといった言葉で藤原高子の涙の歌を論じたのだが、その評言は掲出の穂村弘の、

ほんとうにおれのもんかよ冷蔵庫の卵置き場に落ちる涙は

にも当てはまるところが多い。トリビアリズムというと、取るに足らないつまらないことのように受け取られるかもしれないが、けっしてそうではない。思いがけないピンポイントの発見から豊かな世界があれよあれよという間に現れる場合もある。だから侮れないのである。穂村の歌は「冷蔵庫の卵置き場」という場の設定が素敵である。冷蔵庫のドアポケットではいけない。あくまでも「卵置き場」。卵はびっしり並んでいたというより、半分くらいのスペースは空いていたと思いたい。おそらく夜更けのキッチンであろう。闇の中で冷蔵庫を開けると、そこだけが明るい。そのとき、卵置き場の卵の上に一滴、卵が入っていない窪みの中にも一滴、何かの雫が落ちた。一瞬の空白ののち、それが自分の涙だと気付いたのである。そして、つぶやく。「ほんとうにおれのもんかよ、この涙は」と。ここで涙が無意識の分泌物となっているのが特徴的である。

明治、大正から昭和の終戦前までに詠まれた男性の涙の歌を思い出してみると、

頬《ほ》につたふ／なみだのごはず／一握《いちあく》の砂《すな》を示《しめ》しし人《ひと》を忘《わす》れず

石川啄木《いしかわたくぼく》『一握の砂』

手にとれば桐の反射の薄青き新聞紙こそ泣かまほしけれ　北原白秋《きたはらはくしゅう》『桐の花』

おびただしき軍馬《ぐんば》上陸のさまを見て私《わたくし》の熱《あつ》き涙せきあへず　齋藤茂吉《さいとうもきち》『寒雲』

などのようにかなりさめざめと意識的に泣いている。滴り落ちたものが汗か涙か雨漏りかわからず、一瞬キョトンとした穂村の泣き方とは大いに違う。ただし、図らずもこぼれてしまったという穂村の涙だが、だからといって軽いものではないだろう。むしろ、泣こうと決めて泣いていないぶんだけ切実な悲鳴を背負った涙のように思われる。そしてそこに、いかにも現代的な涙、それも男の涙の実相が滲み出ているのではなかろうか。

楽しい一日だったね、と涙ぐむ人生はまだこれからなのに　「短歌研究」二〇〇七年二月号

夕闇へ白い市電が遠ざかるそろそろ泣きやんであげようか　「短歌研究」二〇〇八年九月号

最近の穂村の歌にも折々に涙は詠まれており、このような幼い日々の郷愁を湛えた涙が忘れがたい印象を残す。あどけなさの中に奇妙に老成した、一種の悟りにも似た寂しさを漂わせる歌である。

あらためて穂村の「卵置き場に落ちる涙」の歌を読んでみると、生きることのとてつもない孤独とおぞましさを予感してしまった青年の怯えがこの歌にも脈打っていることがわかる。「おれのもんかよ」と言いつつ茫然と涙を見つめる青年は、玉手箱をあけてしまった浦島太郎にどこか似ていなくもない。

鶯の涙が幼さの美しさを知らせる藤原高子の歌。卵置き場の涙が無邪気さの暗さを垣間見させる穂村の歌。どちらもごく微量の涙が詠み込まれていながら、そこから広がる波紋はとてつもなく大きい。

柱・壁

このところ続けて恋の歌や涙の歌などたっぷりと感情を湛えた歌を採り上げてきた。今回は少し趣向を変えて、心情よりもモノに即した題を選んでみたい。古典和歌と現代短歌の両面から、いかにして言葉はモノへ肉薄したかについて考察してみようと思う。

〈第二十二番〉柱

今はとて宿離《か》れぬとも馴《な》れきつる真木《まき》の柱はわれを忘るな　『源氏物語』「真木柱」

売りにゆく柱時計がふいに鳴る横抱きにして枯野ゆくとき

寺山《てらやま》修司《しゅうじ》『田園に死す』

『源氏物語』巻三十一「真木柱」は玉鬘《たまかづら》（頭中将《とうのちゆうじよう》と夕顔の間の娘）が主人公である。光源氏に引き取られて六条院夏の御殿に暮らしていた彼女は『源氏物語』のヒロインの中でも一、二を争う美女。あまたの貴公子が彼女を狙っており、保護者であるはずの光源氏までもが美貌の虜になっていたほどなのに、結果的に彼女を射止めたのは意外にも髭黒《ひげくろ》大将であった。髭黒は春宮《とうぐう》の伯父にあたる人物なので身分が高く、真面目一筋の有能な男性なのだが「髭黒」という名が示すようにどうもスマートさに欠ける。言い寄る男の中で玉鬘が一番嫌っていた相手であった。髭黒は玉鬘付きの女房の「弁のおもと」に取り入って、寝所に手引きしてもらったのだろう。女房の判断一つで女主人の運命が劇的に決まってしまうのが興味深い。

噂の美女・玉鬘を得た髭黒は有頂天。元々が堅物であっただけに、ひとたびのめり込むと歯止めがきかず、玉鬘のもとに足繁く通うようになった。だが、彼には北の方がおり三人の子もいた。北の方は式部卿の娘で、本来は美しく性質ももの静かだったのだが、髭黒の態度に心を痛めるあまり情緒不安定になってしまう。「あやしう執念《しふね》き御物《もの》の怪《け》にわづらひたまひて、この年ごろ人にも似たまはず、うつし心なきをりをり多くものしたまひて」と物の怪のせいにされているが、実のところは真面目夫の豹変ぶりに深い衝撃を受けたということなのだろう。

そうこうするうち、愛娘（すなわち北の方）の苦境を見かねた式部卿から子供たちを連れて実家に戻りなさい、と迎えの車が差し向けられた。式部卿は紫の上の実父でもあるのだが、劣り腹（身分の低いほうの妻が生んだ子）の紫の上にはかなり冷淡な態度を取り続けてきた。それなのに正妻の子である「髭黒の北の方」のことは溺愛しているのがどうも割り切れない。作者の紫式部はおそらく〝髭黒の北の方は哀れだけれど、異母妹の紫の上が冷遇されたことを考えれば気の毒さは五分五分かしら〟という女性読者の反応を周到に計算した上で、人物設定をしたに違いない。けっこう意地悪だなあ、と思う。

とは言え、可哀想なのは三人の子供たちである。「日も暮れ、雪降りぬべき空のけしきも心細う見ゆる夕《ゆふべ》なり」と表される寂しい夕方、ついに妻子は邸を去ることになる。三人のうち一番上は女の子でこのとき十二、三歳。その下は十歳と八歳の男の子であった。女の子はとりわけ父親に可愛がってもらっていたこともあり、邸を離れるのがつらくてたまらない。いつも寄り掛かっていた東 面《ひがしおもて》の柱。その柱が他の人に盗られてしまうようで悲しくて、檜皮《ひわだ》色の紙を重ねたものに一筆書きつけて柱のひび割れの隙間に 笄《こうがい》の先で差し入れて、ひとしきり泣いた。そのとき紙に書いたのが掲出の、

今はとて宿離《か》れぬとも馴《な》れきつる真木《まき》の柱はわれを忘るな

の一首である。私がいなくなっても忘れないでね、と柱に呼びかけているのが哀れを誘う。両親の離婚によって転校を余儀なくされたり、兄弟姉妹が別れ別れになったりする子の悲しみは千年を経ても変わることはない。きわめて人間臭く、リアリティのある場面である。『源氏

物語』の中でも殊に身につまされる場面と言えよう。もっとも、マンションが増えた現代では「柱」に凭れて泣くのはむずかしいであろうが。

さて、現代短歌から選んだのは一九七三（昭和四十八）年刊行の寺山修司の第三歌集『田園に死す』の、

売りにゆく柱時計がふいに鳴る横抱きにして枯野ゆくとき

キーワードは「柱時計」で、歌の題にするならば「柱」より「時計」のほうがふさわしいだろうと思う。だがこの歌の時計は断固として「柱時計」でなくてはならない。置時計や腕時計では駄目である。その意味では「柱」の題のもとに詠まれた一首と考えてもよいと判断して、ここに掲出してみた。

歌集『田園に死す』では、生まれ故郷青森の土俗的な暗さや血縁をめぐる愛憎が、物語めくおどろおどろしさで色付けされながら描かれている。

大工町寺町米町仏町老母買ふ町あらずやつばめよ
新しき仏壇買ひに行きしまま行方不明のおとうとと鳥
売られたる夜の冬田へ一人来て埋めゆく母の真赤な櫛を

歌集にはこのような売ったり買ったりする歌が目につく。「老母買ふ」などという発想自体も突飛だが、寺山の母は健在であることや彼は一人っ子で弟がいなかったことを考え合せると、虚構の迷路はさらに錯綜したものになる。売られるものは柱時計や田圃。そして、買いたいけれど手に入らないものは母と新しい仏壇。すべてが家や血縁に濃密に関わる存在である。「売りにゆく柱時計が」の歌で横抱きにされているのは一個の時計ではあるが、私にはそれが一本の柱そのもの、ひいてはその大黒柱が支えている家全体のように思われてならない。家族の誰かが毎日ねじを巻き、振り子の揺れを点検し、長針と短針の動きを見守ってきた柱時計。柱時計は家の歴史であり、家に棲みついていた霊の姿でもあろう。その柱時計がいま遺体のように横抱きにされ、枯野をよぎって売りに出されようとしている。柱時計が不意に鳴らした「ボーン」という音は、日本の農村にかろうじて残っていた家族社会の最後の叫びであろうか。

歌集が出版された一九七三（昭和四十八）年は第一次オイルショックの起きた年。経済の転換点は都市と地方の在り方にも、また家族の形態にも少なからぬ影響を及ぼした。そう考えると、寺山の歌の柱時計は時代を超えて二度と戻れないはるかな地平へ運ばれてゆくような気がしてくる。

では次に「柱」に続いて、もう一つ建築に関する題を選んでみたい。柱とくればやはり「壁」であろう。

〈第二十三番〉 壁

ま萩《はぎ》散る庭の秋風身《み》にしみて夕日《ゆふひ》の影ぞ壁《かべ》に消え行《ゆ》く　永福門院《えいふくもんいん》『風雅集』秋上

実験室にわが居る隅はいつもいつも壁のなかゆく水の音する　上田三四二《うえだみよじ》『黙契』

永福門院は鎌倉時代後期の歌人。西園寺実兼《さいおんじさねかね》の娘で伏見天皇の中宮になった。革新的歌風の京極為兼に和歌を学び、のちに京極派和歌の指導者となって「永福門院歌合」を主催するなどの活躍を見せた。『玉葉集』『風雅集』を代表する女性歌人である。

掲出歌は数ある永福門院の秀歌の中でもとりわけ高く評価されている一首。萩の花がほろほろと散る秋の夕暮。庭に吹く風は肌寒く、夕光も次第に薄れてゆく。庭の萩を照らしていた光は築地《ついじ》の壁のほうへと移ろい、やがてゆっくり壁に呑み込まれていった……そんな静かな情景が描き取られている。

「ま萩」は萩の美称。白萩とも紅萩とも萩群とも具体的に表していないところにかえって味わい深さがある。三句目に「身にしみて」とあるが、ここに過剰な思い入れを託しているわけではないように思う。また、

夕《ゆふ》されば野辺の秋風身にしみてうづらなくなり深草《ふかくさ》のさと

藤原俊成《ふじわらのとしなり》『千載集』秋上

この歌の「身にしみて」のように『伊勢物語』のドラマを踏まえているわけでもない。心情からも故事からもニュートラルな地点で、犀利に自然界の現象を見つめている。こうした実証主義的な手法は京極派の特徴だが、この歌には緻密な観察眼に加えてもっと謎めいた奥行が感じられる。土壁にたゆたいながら色褪せる夕日は消えて無くなったというよりも、壁の向こうの未知の世界へくぐり抜けていったような感触を残す。透明人間ならぬ透明光線。形は伴っていなくても不思議な質感と空気感が手渡されるのである。

花の上にしばしうつろふ夕《ゆふ》づく日《ひ》いるともなしに影《かげ》消えにけり　『風雅集』春中

同じく消えゆく夕日を詠んだ永福門院の歌。「ま萩散る」の秋バージョンに対してこちらは

春バージョンである。萩を照らした秋の夕日は「水平」に流れて築地に吸い込まれるが、桜の花の上に遊んでいた夕日は「垂直」に沈んで花芯に溶け込んでゆく。単に季節と花に違いをもたせただけでなく、視点の推移の方向にまで変化をつけて表現しているのだ。

夕暮から夜への変容にじっくりと向き合う持久力。そして変化の一瞬を的確に表現へと写し取る瞬発力。永福門院のどちらの歌にも叙景歌の豊かさと切れ味の良さが息づいている。さらにまた、残照を見つめる眼差しにどこか澄んだ悲しみが漂うのは時代背景のゆえでもあろう。皇位継承をめぐって皇室が南朝（大覚寺統）と北朝（持明院統）に分裂し、対立を深めてゆく。そうした世の流れの暗い足音が京極派の歌の基底にひびいていることを忘れてはならない。

永福門院の歌の「壁」は戸外から眺めた土の壁であったが、現代の上田三四二の、

実験室にわが居る隅はいつもいつも壁のなかゆく水の音する

に詠まれているのは建物の内部から捉えた「壁」の質感である。『黙契』は上田の第一歌集。掲出歌は一九五三（昭和二十八）年の一月か二月に詠まれた作品と思われる。一九四九（昭和二十四）年に医師国家試験に合格した上田は翌年一月から母校京都大学医学部の前川内科教室に所属して臨床にたずさわるようになった。医局員として第一歩を踏み出したのだが、当

時はインターン制度というものがあり、無給に近い待遇で働かねばならなかった。現在でも国家試験合格ののち研修医は指導医のもとで実習を積む必要があるが、それでも報酬は支給される。だから現在の新米医師が路頭に迷うことはない。だが、上田の若かりし頃は医局勤務のかたわら他の仕事をしなければ食べていけなかった。歌集『黙契』の後記を読むと、病院の仕事を済ませたあと午後五時過ぎから九時まで夜間高校に勤め、帰ってから遅い夕食を摂る毎日であったようだ。

黒澤明が監督した映画『天国と地獄』（一九六三年公開）では、貧しいインターンの青年が丘の上の白亜の豪邸に住む家族にいわれなき憎しみをいだいて誘拐事件を起こす、という設定になっている。丘の上の会社常務が天国、下町のインターンが地獄ということになる。医者の卵の生活が地獄の貧困に相当するとは現代の感覚では理解しにくいが、五十年ほど前には十分にあり得ることだったのだ。

上田は一年間の臨床実習を終えたのちも、夜学勤務を続けつつ論文作成のための研究に没頭する。兎の脳脊髄膜にアレルギー病変を作ってそれを脳波や心電図で追求してゆく、という研究を彼はしていた。実験動物の世話は一時《いっとき》たりとも気を抜くことができない。すでに結婚して長男をもうけていた上田の肩には妻子の生活もかかっており、まさに綱渡りのような暮らしだったに違いない。そんな無理が災いして、彼は一九五二（昭和二十七）年五月、ついに発病してしまう。シューブ（肺結核の急速な悪化）であった。幸い数ヵ月の療養で健康を回復したものの、これを契機に彼は京大での研究も夜学の勤めも中止する覚悟を決める。そして秋から国立京都療養所に職を得て、細々と実験を継続してゆく道を選ぶのである。王道を外れた、という悔しさは打ち消しがたかっただろう。それでも上田は診療と並行して国立療養所の実験室で研究を積み重ねていった。その折に詠まれたのが掲出歌である。

一読して気付くのは「わが居る隅は」や「いつもいつも」といった稚拙ともいえる表現の素朴さである。修辞の細部にまで神経を行き届かせる上田の作品群の中に置くとやや異質の印象を残す言い回し。けれども、つぶやくように、また自分に言い聞かせるように差し出された言葉の息づかいは彼の静かな覇気を伝えてやまない。

国立療養所の建物は鉄筋コンクリート造りであろう。壁の中に排水管が通っていて、そこを上階から水が流れ下る音が聞こえる。昼間は意識しないが物音の途絶えた夜更けなど、壁際で作業をしていると排水はまるで建物の肉声のようにくぐもった音を立てるのだ。

病舎裏の原に赤土の堆積あり実験済みし犬を葬《はうむ》る
実験室にもの言はず今日も暮れしかなドアの名札を裏返し出づ
苦しみて肺組織標本を作り終ふ窓に梧桐《あをぎり》の実の垂るるころ

実験に没頭する日々はこのように明よりも暗に傾きつつ折々に詠まれている。しかし、苦しみ深く学にいそしむ歳月はやがて少しずつ彼に達成感をもたらしたようにも感じる。三首目の窓辺の梧桐を仰ぐ視線のすずやかさがそれを物語っていよう。事実、国立療養所勤務の十年の間に、上田は「短歌研究」の新人評論に「異質への情熱」で入選。「齋藤茂吉論」により群像新人文学賞（評論部門）受賞。あわせて「逆縁」が同賞の小説部門の最優秀作になるなど、多方面で活躍を見せた。一九五五（昭和三十）年に第一歌集『黙契』を、翌年には評論集『現代歌人論』を刊行しているのも驚くべきエネルギーである。さらに凄いのは京大病院内科教室に通って実験を再開し、ついに博士号を取得したこと。壁の奥の水音を聞きながら、上田の胸中に去来していたものは挫折感よりもむしろ苦闘の日々への愛情だったのではなかろうか。壁は硬く冷たいけれど、ゆっくりと身を寄せるとき意外な優しさで壮年期の上田を受けとめていた。そう思われてならない。

酒・梨

秋も深まってきた。芸術の秋、読書の秋、スポーツの秋。さまざまなことに熱中するのにふさわしい季節だが、やはり一番は「食欲の秋」であろう。そこで今回は飲食物に関わる題を二つ選んでみた。

まずは「酒」である。酒の名歌と言えば、

白玉《しらたま》の歯《は》にしみとほる秋《あき》の夜《よ》の酒《さけ》はしづかに飲《の》むべかりけれ　若山牧水《わかやまぼくすい》『路上』

が真っ先に思い浮かぶ。そして人口に膾炙した酒の歌は昔から男性によるものが多い。だが本稿ではあえて異なる角度から酒の歌を眺めてみたい。女性の詠んだ酒の歌、それも酒好きで知られた男性歌人の身近にいた女性の歌に注目してみることにしたのである。

〈第二十四番〉　酒

酒杯《さかづき》に梅の花浮かべ思ふどち飲みての後《のち》は散りぬともよし

坂　上郎女《さかのうえのいらつめ》『万葉集』巻八―一六五六

ひとり出でて旅の宿りに啜《すす》りまし酒の味このごろ解る気がする

若山喜志子《わかやまきしこ》『若山喜志子全歌集』

坂上郎女は大伴安麻呂と石川郎女《いしかわのいらつめ》の間の娘で、大伴旅人《おおとものたびと》の異母妹。初め穂積皇子に嫁いだが皇子の死後に藤原麻呂と夫婦関係にあり、さらに後年には大伴宿奈《すくな》麻呂と結ばれて坂上大《おお》嬢《おとめ》と乙嬢《おとおとめ》を産んだ。坂上郎女の歌は『万葉集』に八十四首収められている。これは大伴家持（旅人の息子、すなわち坂上郎女の甥にあたる）に次ぐ歌数であり、彼女は万葉の時代を代表する女性歌人と言える。実際、大伴家の家刀自《いえとじ》と呼ぶべき包容力あふれる人物だったようで、兄の旅人が大宰帥《そち》として筑紫に赴任した折には彼女も滞在し、甥である家持の教育にあたったり、大伴家で催される宴を取り仕切ったりした。坂上郎女の娘の大嬢と家持とがいとこ同士で結婚していることからも、大伴一族の結束の固さがわかる。

掲出歌は巻八の冬相聞に収められている。酒杯にひとひらの梅の花を浮かべて気の合った同士が差しつ差されつの珠玉のひとときを過ごしている。酒杯に梅の花を浮かべて飲むのは風流な趣向とされ、『万葉集』には同種の場面を詠んだ歌が見られる。現代でも八月十六日の京都の大文字送り火の夜には大きな盃に燃える「大」の字を映して飲み干したりする。元来、酒は神に捧げる聖なるものとされてきたので、そこにさらに美しいものを浮かべて飲むことにより神聖な力を取り込むような気がしたのであろう。坂上郎女の歌は「梅の花浮かべ」という設定が朗らかで心地よいが、それにも増して結句「散りぬともよし」のたっぷりとした開放感に惹かれる。気分よく飲んだあとは細かいことを考えるのはやめよう。散るなら散ったでいいでしょうとも。そんな太っ腹というか、やや無鉄砲な勢いが見えて、楽しい。そして、こういった骨太な酒の歌を女性が詠んだことがいっそううれしくなってくるのである。

「飲みての後は散りぬともよし」のフレーズは『万葉集』巻五にも出てくる。

青柳《あをやなぎ》梅との花を折りかざし飲みての後《のち》は散りぬともよし

笠沙弥《かさのさみ》『万葉集』巻五-八二一

山上憶良《やまのうえのおくら》、大伴百代《ももよ》、小野老《おゆ》など三十余名が集った七三〇（天平二）年正月十三日の大宰府大伴旅人邸での宴の一首である。巻三の「酒を讃《ほ》むる歌」十三首でも知られる通り、旅人は喜びにつけ悲しみにつけ酒をこよなく愛した歌人であった。巻八の冬相聞の歌は、年月を経てから旅人邸での梅花の宴を思い出した坂上郎女が、なつかしさの余り「飲みての後は散りぬともよし」を拝借して詠んだのであろう。

巻八の掲出歌には「和《わ》せし歌一首」が続いている。

官《つかさ》にも許したまへり今夜《こよひ》のみ飲まむ酒かも散りこすなゆめ

よみ人しらず『万葉集』巻八―一六五七

「官にも許したまへり」（役所でもお許しになるだろう）という硬い上句に、アレッと思うのだが、付されている次のような詞書を読んで納得する。「右は、酒《さけ》は官《くわん》に禁制《きんせい》して偁《い》はく、『京中《けいちう》閭里《りより》に集宴《しふえん》すること得《え》ず。但《ただ》し、親《しん》に親《した》しみて一《ひと》り二《ふた》り飲楽《いんらく》することは聴許《ちやうきよ》す』といふ。これに縁《よ》りて和《わ》せし人《ひと》、この発句《はつく》を作りき」。この詞書によれば、七三七（天平九）年に禁酒令が出たが家族間でささやかに飲むことは許された、ということらしい。主食である米を酒造にばかり使うと食糧難になる、という危機感のもとで奈良時代にはたびたび禁酒令が出された。内輪の飲酒はよいが大宴会はダメというのは、宴を隠れ蓑にした謀反の会議を防ぐ狙いもあったのかもしれない。いずれにしても、掲出の歌を詠んだとき坂上郎女は老年にさしかかり、すでに兄の旅人は亡くなっていた。禁酒令の世に生きながら、かつての大宰府サロンの賑わいを思い出しつつ「飲みての後は散りぬともよし」とうたう。このとき「散りぬともよし」には滅びへの愛惜がきらりとよぎったように思われてならない。

さて、現代短歌の酒の歌は若山牧水の妻・喜志子の、

ひとり出でて旅の宿りに啜《すす》りましし酒の味このごろ解る気がする

に決めた。喜志子は一八八八（明治二十一）年長野県塩尻の生まれ。二十四歳で牧水と結婚するが、四十歳のとき夫は病死してしまう。そののちじつに四十年間、八十歳で亡くなるまで、まだ幼かった四人の子を女手ひとつで育て上げ、牧水が創刊した歌誌「創作」を守り継ぐ奮闘の人生を送った。その意味で、彼女も万葉の歌人・坂上郎女に劣らぬ女丈夫であり、見事な家刀自と呼ぶことができる。

掲出歌は七十三歳で刊行した最後の歌集『眺望』以降に詠まれたもので、全歌集に収められている。まさに最晩年の一首である。建築士になった長男の旅人（長男の名が大伴旅人と同じなのが印象深い）をはじめ子供たちは自立し、喜志子にもようやくあらゆる面で余裕のある日々がやってきた。もうすぐ八十歳になろうとする自分が、四十三歳で亡くなった牧水のことを考えている。いわゆる定職というものを持たなかった牧水は頻繁に旅に出た。旅が好きということもあるが、それだけではなく旅先で彼を慕う人々を集めて歌会をしたり色紙を頒布したりして金銭を得る目的もあった。牧水が亡くなる数年前には夫婦いっしょに揮毫の旅に出ることもあったが、ほとんどの旅は「ひとり出でて旅の宿りに」と詠まれているような一人旅であ

った。人と会うための旅だから当然のこと、歌会や頒布会のあとは酒宴になる。酒好きというより酒に溺れていた牧水のことだから、勧められれば断るはずがない。さらに、一つの場所から他の場所への移動日にあたる宴のないような日であっても、旅のつれづれに一人で盃を口に運んだことであろう。喜志子の歌では、酒宴で賑やかに飲んでいる姿ではなく「旅の宿りに啜りましし」(旅の宿であなたが啜っていらっしゃった)と静かに酒と向き合っている夫のたたずまいを思い描いているところに妻ならではのこまやかさがうかがえる。

しかし、それにしてもこの歌の下句はなかなかに奥が深い。旅と酒を愛してやまなかった夫。旅の宿で啜る酒は格別だといつも言っていたのだろうが、酒を飲まず旅に出るゆとりもなかった喜志子にはそんなに良いものなのかどうか、よくわからなかった。牧水が生きている間も、亡くなって何十年も経ってからも、さっぱりわからなかった。だが自分もさまざまな肩の荷を降ろし、人生の行く末が見える齢になって初めて、「このごろ解る気がする」とつぶやいているのである。「解る」と詠んでいるのではない。あくまでもまだ「解る気がする」の半信半疑な部分を残しており、それを隠さないあたりが率直であり、見事である。

にこやかに酒煮ることが女らしきつとめかわれにさびしき夕ぐれ　『無花果』

酒煮るとわが立てば子も子の父も火をかこむなり楽しき夜よ　『白梅集』

酔へばとて酔ふほど君のさびしきに底ひもしらずわがまどふかな

やみがたき君が命の餓《うゑ》かつゑ飽き足らふまでいませ旅路に　『筑紫野』

酒と夫、旅と夫を見つめた歌を折々に喜志子は詠んでいる。もともと彼女は文学を志して上京し、新しいかたちの男女関係を求めて牧水と結ばれたのであった。だが次第に妻としてというより母親のような愛で牧水を支えるようになる。ひとえに牧水の才能を尊敬し、彼の人間性に惚れ抜いていたからであった。ただ、それは忍従という暗いものではない。ひたむきな中にどこかあっけらかんとした明るさがあって、その強さが最晩年の喜志子に「酒の味このごろ解る気がする」の悠揚迫らぬ表現を生ましめたのである。

兄の旅人を偲んで坂上郎女が手にする酒杯。夫の牧水を思って喜志子が口に運ぶ酒。酒を詠むとき女性は人生の光と影を纏って、とびきり美しく見える。

では、飲食の歌の「飲」のほうを述べたので次に「食」の歌に移りたい。さまざまな食べ物がある中で、季節感たっぷりで誰でも口にしやすいものと言えば、果物であろう。秋のおいしい果物を代表してここでは「梨」にスポットを当てることにしよう。

梨と日本人との関わりはひじょうに深く、西暦七〇〇年頃にはすでに五穀を助ける食物として栽培が勧められていた。これは梅が中国から移入された当初、花を観賞するよりも実を収穫して食用、薬用にしていたことと共通する。万葉人は予想以上に実利的な考え方の持ち主だったのだ。

古典文学の梨と言えばまず思い浮かぶのが清少納言『枕草子』の第三十七段、木の花について論じたくだりである。紅梅、桜、藤、橘と次々に木の花を褒めたあと、突然に「梨の花。よにすさまじきものにして、近うもてなさず、はかなき文などつけなどにせず」と容赦のない梨の花批判が繰り出される。梨の花はまったく殺風景でちょっとした手紙を付けて出す気にもなれないわ、とけなしている。さらに後段では、愛敬のない女性の顔にたとえたりしているから凄い。

しかし、そこからが彼女の真骨頂たるところで、「もろこしには限りなきものにて、文《ふみ》にも作る」とばかりに、漢詩の世界では梨の花が高く評価されていることに触れ、白楽天の「長恨歌」の中で楊貴妃の泣く姿が「梨花一枝《りくわいっし》、春、雨を帯びたり」と婀娜たる風情を帯びて表されているのを紹介している。そして、最終的には花びらの端に趣ある色がほんのり付いているうるわしさに言及して、「なほいみじうめでたきことは、たぐひあらじとおぼえたり」と賞賛しているのである。いったん貶めたあとで「でも、よく見れば……」と持ち上げる。そんなめりはりの効いた褒め方をするところが何とも心憎い。そもそも清少納言の父の清原元輔《もとすけ》は「梨壺の五人」と呼ばれた和歌所寄人《わかどころよりうど》の一人なのだから、その栄えある「梨」に対して彼女が全否定するはずはないのである。

何やら梨の花にばかりこだわってしまったが、ここで問題にしたいのはじつは梨の実のほうである。遅ればせながら、第二十五番の歌を紹介してみよう。

〈第二十五番〉　梨

おふの浦《うら》に片枝《かたえ》さし覆《おほ》ひなるなしのなりもならずも寝《ね》て語《かたら》はむ

よみ人しらず『古今集』巻二十

梨の実の二十世紀といふあはれわが余生さへそのうちにあり

佐藤佐太郎《さとうさたろう》『星宿』

掲出の『古今集』の歌は巻二十の東歌《あずまうた》に収められている。東歌は陸奥、相模、常陸、甲斐、伊勢の国の歌謡や神事の折に奏された歌群が並んでおり、『万葉集』の東歌とは多少趣が異なるものの素朴な肉声を伝える点では似通った味わいを湛えている。梨の実の一首は「伊勢歌《うた》」で、男から女へと呼びかけた歌。「おふの浦」は麻生の浦で、現在の三重県鳥羽市にあたる。おふの浦に片枝だけ差し伸べて実る梨は、二人のいささかアンバランスな関係を示唆していよう。さらに梨の実の「なし」の語感に「無し」を掛けている。二人の仲が成立しようとしまいとまあいいじゃないか、とにかく「寝て語はむ」と誘いかけているわけで、この大らかさ

（図々しさに近いが）に、つい笑ってしまう。『古今集』の時代には仮名文字が発達して同音異義語の重層性を楽しむようになったが、「梨」と「無し」を掛けたあたりにいかにもそんな遊び心の弾んでいる歌である。

おそらく麻生の浦の近くは梨の産地だったのだろう。気候が温暖で海の幸に恵まれた鳥羽。おいしい梨も実って開放的な気風だったことが想像できる。「おふの浦に片枝さし覆ひなるなしの」までが地名を示しつつ序詞的に四句目の「なりもならずも」を修飾していて、そのゆったりと切れめのないしらべがまことに豊かに思われる。「なる」「なし」「なり」「ならず」のナ音の連なりが同じナ行音の「寝て」の「ネ」の音にストンとつながるのも巧みである。

『古今集』の梨の歌は「無し」を導き出していたが、梨の実は無に通ずることを嫌って「ありのみ（有りの実）」と呼ばれることもあった。現代ではそうした言い替えよりも、むしろ品種名で表されることのほうが多い。佐藤佐太郎の掲出歌の、

梨の実の二十世紀といふあはれわが余生さへそのうちにあり

は一八八八（明治二十一）年に発見された青梨系の新品種「二十世紀」のことを詠んでいる。それまで茶色で果肉の硬い赤梨系が主流であったが、千葉県松戸市の少年が偶然にも果汁の多い黄緑色の梨の実を見つけたのであった。やがてやって来る二十世紀の世の中には梨の王

様になるに違いない、という思いを込めて「二十世紀」と命名されたのだという。最近は赤梨系の幸水や豊水、さらに洋梨のラ・フランスなど多種多様な品種が売られているが、一九〇〇年代前半までは梨と言えば二十世紀梨や長十郎梨が主流であった。二十世紀梨はその名の新鮮さとともに大いに愛されたのである。

佐太郎は一九〇九（明治四十二）年生まれ。新世紀とほぼ同時期に人生を歩みはじめた彼にとって、たかだか梨と言えども「二十世紀」は身に沁みる対象であった。歌集『星宿』（一九八三年刊）所収の掲出歌を詠んだ頃、彼は七十歳前後。歌集後記に「私は昭和四十年代に脳血栓をやつて、それから普通の健康体ではなくなつたが、更に数次の変化を経て、今ではいよいよ足が弱くなつて、毎日の散歩も独力で歩くのは不安になつた」と記されているような健康不安を抱えつつ、しかし精神的には、

おのづから星宿移りゐるごとき壮観はわがほとりにも見ゆ

と老いの日常を大きな世界観の中で捉えようとする気概に満ちている。梨の歌も肩の力を抜いてたんたんと詠まれているが、激動の二十世紀を深々と振り返る眼差しは揺るぎない。ごく身近な二十世紀梨を通して人生が滋味を湛えて顧みられている。

『佐藤佐太郎短歌の研究』（おうふう）で、著者の今西幹一は掲出歌の「あはれ」に着目し、

『星宿』には「あはれ」(「あはれなり」を含む)が二十四例、「あはれむ」(哀や憐の漢字も含む)が五例という高い比率で用いられていることを指摘している。前歌集『天眼』にも「あはれ」は二十二例あり、したがって「あはれ」は晩年の佐太郎短歌のキーワード的意味がある、と考察しているのが興味深い。梨の実の歌の「あはれ」が第三句に置かれていることに私はとりわけしみじみとした作者の肉声を感じる。「あはれ」でいったんかすかにしらべが切れることによって、四句目の「わが余生さへ」の余生への哀惜が純化されるのだ。

「わが余生さへそのうちにあり」と佐太郎が詠んだ二十世紀。その二十世紀の末を見届けることと叶わず、彼は一九八七(昭和六十二)年に亡くなった。透き通る梨の実の中には二十世紀を生きた偉大な歌人の詩心が結晶しているようで、いつしかこの果実が一個の宇宙のかたちに見えてくるのである。

手（掌）

前回は「梨」の題のもとに『古今集』収載の東歌《あずまうた》を紹介した。東歌といえば『万葉集』巻十四に収められている約二百三十首の歌が有名である。『万葉集』の東歌は東国地方のよみ人しらずの歌を指し、常陸の国、駿河の国などの国名のわかっている歌や譬喩歌と、国名のわからない場所での狩猟や行路の歌を含んでいる。風土に根差した素朴な労働歌や恋の歌は『万葉集』の中でも特に愛され、東歌に関する多くの書物が出版されている。

その中でも高橋順子の著書『恋の万葉・東歌』（書肆山田）は印象深い一冊であった。詩人の高橋が生まれ育ったのは下総の国・海上《かいじょう》郡飯岡町（現在の千葉県旭町）。ここは東歌の舞台となった土地である。そこで彼女は東歌を通して千数百年前の万葉人と心を重ね合せようと思い立つ。そのとき作者は東歌の中の恋歌に着目し、歌を標《しるべ》にして万葉の故地をあらためて歩いてみることにしたのである。訪ねた地は多摩川、伊香保、筑波山、富士、千曲川など十数箇所。詩人の繊細かつ豊潤な感性が捉えた古代の風や水音がエッセイ風に綴られ、一冊の中心を成している。それとともに興味を惹かれたのは、東歌の恋歌から五十首を選んで現代語の訳を付ける試みであった。単なる古歌の現代語訳ではない。作者はこれを「現代東国語の五行詩への〈翻訳〉」と称している。

下総で生まれ育ったネイティブとしての語感を大切にしつつ、そこに共通語のわかりやすさと、共通語にはない方言特有の肉感性や勢いや親しみやすさを加えて、言葉にいのちを吹き込もうとする試行である。しかも五行詩のかたちに整えているところに詩人ならではのリズム感覚がうかがえて楽しい。

五十首のどの歌についても思わず口ずさんでしまいたくなるほのぼのとした〈翻訳〉が成されている。その中からよく知られた一首を選んで、第二十六番としてみたい。

〈第二十六番〉 手（掌）

稲《いね》搗《つ》けばかがる我《あ》が手を今夜《こよひ》もか殿の若子《わくご》が取りて嘆かむ

よみ人しらず『万葉集』巻十四―三四五九

ふとわれの掌《て》さへとり落す如き夕刻に高き架橋をわたりはじめぬ

浜田《はまだ》 到《いたる》『架橋』

『万葉集』東歌の掲出歌は、初々しい恋歌である。「かがる」は皸《あかぎれ》ができること。奈良時代の稲は籾か穂首の状態で貯蔵し、必要に応じてそのつど臼と杵を用いて搗いていた。杵はかなり重く、毎日のように稲搗きをするのは重労働であったはず。

その家の召使い（奴婢のような立場であろう）の女性が作業をしながら「荒れた私の手を取ってお屋敷の若様が夜ごとに嘆いてくれるのよ」と詠んでいるのがこの歌である。身分違いの恋。玉の輿に乗る夢は叶うべくもないが、若様が毎夜自分を慈しんでくれるだけで幸せ、という感じであろうか。トルストイの小説『復活』の若い貴族ネフリュードフと下女カチューシャの恋を想像したりもするが、この歌はそんなシリアスな男女関係でなく、一種の囃子《はやし》言葉のようなニュアンスを帯びているだろう。高橋順子はこの歌を次のような五行詩に〈翻訳〉している。

稲をついて
がさがさになった　あたしの手をとって
今夜も
お館の若さまが

かわいそ　かわいそ　かわいそ　と言ってくれべ

最後の「かわいそ　かわいそ　と言ってくれべ」が何ともあたたかい。「かわいそ　かわいそ」のリフレインはこの歌を朗唱する女性の背後に伴奏のように響いていた気がする。

佐佐木幸綱は評論集『万葉集の〈われ〉』（角川書店）の中でこの歌について、

女性たちが集団で労働するときの労働歌だったと考えられている。「村の若様に私ほれられているのよ」との意味の「のろけ歌」である。脱穀・精米のために稲を搗く。そうした労働のさなかにうたった歌で、作中の〈われ〉はこれもまた、作者ではなく、その場でこの歌をうたう女〈われ〉だ。

と記している。作業の場なので、現代の盆踊りやフォークダンスのようにはしゃいではいないだろうが、それでも女たちが「そうだ、そうだ」「アハハハ」などと合いの手を入れつつ唄っていたのだろう。そう考えるといっそう生き生きと言葉が立ち上がってくる。作中の〈われ〉は個人ではなく複数の女たちであった、という佐佐木の説を下敷にして読むと、作者の「顔」ではなく「手」がクローズアップされていることに納得がゆく。働く女たちの荒れてたくましい手、手、手。そして、その手を撫でてくれる若様の白くすらりとした手。夜にだけつながる手と手を夢想することは、つらい労働に従う女たちの活力源となったに違いない。

多摩川にさらす手作《てづく》りさらさらに何《なに》そこの児《こ》のここだかなしき

よみ人しらず『万葉集』巻十四-三三七三

同じく東歌の人口に膾炙したこの歌でも「手作り」（手製の麻布を示す）という語によって、水仕事に耐える女の「手」を浮かび上がらせているのが心に残る。ちなみにこの歌は高橋の五行詩ではこう〈翻訳〉されている。

多摩川に手作りの布をさらしている
むすめ
さらさら　さらにさらに
こんなにこんなに
このこがこいしい

「さらさら」のサ音と「こんなに」「このこ」「こいしい」のコの音の繰り返しが、川の流れや手作業の生む水しぶきの音や女たちの会話を思わせ、耳に心地よい。輪唱のようなリズムはやはり集団における「開かれた〈われ〉」を感じさせるものである。

人格を備えた顔や肉体でなく、あくまでも労働力としての「手」で象徴される民衆の女たちの力強さ、そして哀しさ。とりわけ「かわいそ　かわいそ　と言ってくれべ」と方言で表されるとき、手に託した女心はいにしえの東国の空気を伴って甘美に野性的に現代に甦ってくるように思われる。

万葉の「手」の歌が太々とした労働歌であったのに対し、現代短歌の「掌」の歌として採り上げた、

ふとわれの掌《て》さへとり落す如き夕刻に高き架橋をわたりはじめぬ

はまことに抒情的である。浜田到は一九一八（大正七）年六月、アメリカのカリフォルニア州ロサンゼルス生まれ。父は若くしてアメリカに渡り移民として苦労を重ねながら農園を営んでいた。到は四歳のときに父母に連れられて帰国、鹿児島の母方の祖母の家に預けられた。十代半ばで短歌を作りはじめ、やがて医科大学を卒業して内科医になってからも短歌と詩の創作を続けた。詩を書く際のペンネームは「浜田遺太郎」という。名編集者・中井英夫に才能を見いだされ塚本邦雄と並ぶモダニズムの旗手として期待されたが、一九六八（昭和四十三）年に四十九歳で惜しくもこの世を去ってしまう。往診の帰りの事故死であった。生前に著作集はな

く、死後に歌集『架橋』と詩集『浜田遺太郎詩集』が編まれている。

掲出の浜田の歌を初めて読んだとき、私はひじょうにミステリアスな衝撃を受けた。ふっと目が眩んで足元が揺らぐような、そんな曰《いわ》く言いがたい感触。その印象は何度繰り返して読んでも変わることがない。難解な語は一つも用いられていないのに、本当に不思議である。

「ふとわれの／掌さへとり落す如き／夕刻に／高き架橋を／わたりはじめぬ」。五七五七七に区分すると、こういうかたちになるだろう。初句、三句、四句、結句はそれぞれきっちりと定型に収まっているのに対し、二句目だけは七音であるべきところが十一音という大幅な字余りになっている。しかも直喩「如き」が入っているのでいっそう目立つ。「ふとわれの」と、どちらかと言うとおぼろ気にうたい出された初句が、二句目でいきなり「掌さへとり落す如き」という独創的な比喩につながる。その展開の意外性にまず驚くのである。掌を落としてしまう、とはちょっと想像を絶する感覚と言えよう。何かにびっくりして表情をなくすとか声を失う、といった体験はたしかにある。しかし、掌というのは人体の中でも最も身近で最も忠実によく働き、最もなくてはならない部位のはず。無意識になくしてしまうには一番ふさわしくないパーツである。その「掌」を落としてしまうようだ、とこの歌は表している。ここで「掌さへとり落す如き」の「さへ」に目をとめる必要があろう。最も失うはずのない「掌さへとり落す」、というところに作者が込めた驚きの大きさが表れているからである。

あえて字余りになってでも「掌さへ」と言わねばならなかった作者のそのときの喪失感の深

さ。そのおののきは、三句目以下の「夕刻に高き架橋をわたりはじめぬ」という超然とした情景描写へと受け渡されている。夕刻は逢魔が刻とも言われる恐ろしい時間である。神隠しに遭いそうな、ふっと異界への裂けめにすべり込んでしまいそうな時間。ただでさえ危ういそんな時間帯に（おそらく電車に乗っているのであろうが）高い高い架橋を渡りはじめたのである。高所恐怖症の人でなくても思わずクラッとするにちがいない。まるで真暗な穴の底に吸い込まれてゆくような感じ。「自分」という意識も輪郭も一瞬にして蒸発してしまうような感じ、とも言えようか。そのとき、むしろ視野が閉ざされたり聴力を奪われたりするよりも、「掌」を知らぬ間に落としてしまうことのほうが恐ろしいことなのかもしれない。掌とはすなわち「われ」そのものであるのだから。

大井学は著書『浜田到　歌と詩の生涯』（角川書店）で、

にくしんの手空に見ゆかの昧き尖塔のうへに来む冬をまつ　『架橋』

を含めた浜田の「手」や「掌」の歌について、次のように記している。

到の詩歌世界にあっては、われの掌も肉親の手も、具体的な身体である「もの」は、その本質をあらわにするための露頭であり、存在の断絶であり、「崖」なのである。「もの」や「肉体」は、不在の現存を指し示す限界性であり、従ってその露頭を超えた背後にある本来のものは、現実世界の限界からは本質的に自由である。

浜田作品の「もの」や肉体は崖であり限界性である、と鋭く読み解いた一節。なるほど浜田の詠む手や掌は「今」からも「ここ」からも分離されてはいるが、よく読むと無気味というだけではなく現実から切り離されることの解放感をも湛えている気がする。浜田の想念の世界では喪失は百パーセントのマイナスではない。地上を走っていた列車が川にさしかかって架橋を渡りはじめる。足元に広がるのは深い「空白」であり、確固たる支えを失った不安であるはずなのだが、なぜか飛翔の輝きに満ちているのだ。

哀しみは極まりの果て安息に入ると封筒のなかほの明し　『架橋』
死に際を思ひてありし一日のたとへば天体のごとき量感もてり

といった歌に表されている「極まりの果て」「死に際」という限界線への注視と、そののちの「安息に入る」「天体のごとき量感」へ広がる意外な豊かさ。これらの歌からも、みずからの掌を切り落として別世界へと踏み出したい、とする希求が伝わってくる。自意識から解き放された掌がひらりひらりと歌の背後に遊泳しているのを感じるのである。

『万葉集』東歌に詠まれた貧しくとも健やかに生きる女たちの手。一方、早世の歌人・浜田到が詠んだ極私的でありつつシュールな変幻性に満ちた掌。身体から離れていてもいなくても、どちらの手も掌も身体の一つの部位という範疇を超えてまことにたっぷりとした世界を物語っている。今回採り上げた二首の歌を読み返しながら、思わず自分の両方のてのひらを見つめ直してみたことであった。

足・をみな

前回の第二十六番では身体の部位を題にしてみようということで「手」を詠んだ『万葉集』東歌《あずまうた》の一首と現代短歌の浜田到の歌を番わせてみた。次ももう一回、身体に関わる題にこだわってみたい。手と言えば、やはり対《つい》になるのは足。足は千数百年の時空を超えていかに詠み継がれて来たのか、探ってみたい。

〈第二十七番〉足

あしひきの山路《やまぢ》越えむとする君を心に持ちて安けくもなし
狭野弟上娘子《さののおとがみのおとめ》『万葉集』巻十五―三七二三

陽のあたる壁にもたれて座りおり平行線の吾《あ》と君の足　俵万智《たわらまち》『サラダ記念日』

『万葉集』の狭野弟上娘子の歌では「足」は「あしひきの」という枕詞のかたちで使われている。「あしひきの」は「足引きの」とも表記し、「山」に掛かる枕詞。平安末から中世には「あしびきの」と「ひ」音を濁るようになった。『歌ことば歌枕大辞典』(角川書店)には「語義・掛かり方については、古来より諸々の解釈が存在する」としつつ、「比較的古くからの解釈として、太古の国土が未だ固まっていない時期に、人間が泥土に足をとられながら山に登ったという逸話や、天竺の一角仙人や推古天皇などが足を痛めて歩いたという故事から、足を引きずりながら山へ登る意(日本紀私記、和歌色葉など)とする説がある」と記述がある。他にも神々が蘆《あし》を引き捨てて国土を開いたことから「蘆引きの山」とする説なども紹介されている。掲出歌の「あしひきの」はまさに険しい山道を足を引きずりながら歩んでゆく姿を表しているだろう。

作者の狭野弟上娘子は奈良時代の女性歌人。後宮の蔵 司《くらのつかさ》に勤める女孺《にょじゅ》(下級女官)であったとされる。夫は中臣 東人《なかとみのあずまひと》の七男の中臣宅守《やかもり》。彼は神祇官(祭礼に関する役所)の役人であったが、天平の末頃に越前に配流されることになってしまう。その一大事に際して、七四〇(天平十二)年初め頃から翌年夏にかけて二人の間に交わされた和歌六十三首が『万葉集』巻十五に収められている。掲出歌の、

あしひきの山路《やまぢ》越えむとする君を心に持ちて安けくもなし

はその冒頭の一首である。

家に残る者が旅ゆく家族を想像して歌を詠むのは無事を祈るための慣わしであったらしい。旅先で食べ物に困らないように、と食事を供える陰膳の風習が今もあるが、愛する人の存在をありありと思い浮かべることは邪気から旅人の身を守る働きがあったのだろう。現在とは比較にならないほど旅に危険のつきまとう時代であった。ましてや中臣宅守の越前武生《たけふ》への旅は失意の旅、追われゆく旅である。足を引く夫の姿を思い、「安けくもなし」と率直に言うしかなかった娘子の心情が痛いほどよくわかる。さらにこの歌で私が好きなところは「心に持ちて」という表現である。「思ひてをれば」とか「目に浮かぶれば」などという平面的な想像ではなく、「心に持ちて」にはもっと立体的な場面の喚起力が感じられる。三次元空間に凹凸を持ちつつ飛び出して来るような厚みがあり、弾力性が備わっている。現代風に言えば、娘子の心の中にはパソコン画面があってグーグルアースの撮った夫の山越えの様子がくっきりと映っている、といった感じであろうか。

君が行く道の長手《ながて》を繰り畳《たた》ね焼き滅ぼさむ天《あめ》の火もがも　『万葉集』巻十五―三七二四

天地《あめつち》の底《そこ》ひの裏に我《あ》がごとく君に恋ふらむ人はさねあらじ

『万葉集』巻十五―三七五〇

娘子と宅守の贈答歌六十三首の中には娘子の詠んだこうした歌も入っている。一首目結句「天《あめ》の火もがも」の「もがも」は願望を表す助詞。あなたが行く長い道をたぐり寄せて畳み、焼き滅ぼしてしまうような天の火がほしい（そうすればあなたは行かずにすむから）と念じている。二首目結句「人はさねあらじ」の「さね」は「けっして」の意味。天地の果てであなたを恋い慕う私のような女は他にはけっしていないでしょう、と宣言している。どちらの歌も何とも情熱的でスケールが大きく、そしてやはりすぐれて立体的である。私などは怪獣映画『ゴジラ』や『モスラ』を観て育った世代なので「道の長手を繰り畳ね焼き滅ぼさむ」や「天地の底ひの裏に」などのどこかSFめいた表現にワクワクしてしまう。命がけで夫の無事を願う切実な歌なのだが、ただ俯いているのみではない願いの熱さが狭野弟上娘子の歌の魅力である。「あしひきの山路越えむと」の歌にもそんな彼女のありあまるエネルギーが投入されている。旅人の一挙一動が今そこに在るかのように浮かび上がってくるのである。

さて、『万葉集』の「足」の歌は運命に翻弄される恋の苦しみを詠んでいたが、現代短歌の「足」の歌はどうであろうか。

陽のあたる壁にもたれて座りおり平行線の吾《あ》と君の足

掲出の俵万智の歌は一九八六（昭和六十一）年に第三十二回角川短歌賞を受賞した「八月の朝」一連の中の一首。このとき作者はまだ大学生であった。掲出歌の前後には、

空の青海のあおさのその間《あわい》サーフボードの君を見つめる
砂浜のランチついに手つかずの卵サンドが気になっている
捨てるかもしれぬ写真を何枚も真面目に撮っている九十九里

といった歌が並んでいて、作者はサーフィンを楽しむ「君」と九十九里浜に遊びに来ていることがわかる。「陽のあたる壁にもたれて」の歌は、この一首だけ読んだときは室内の光景かと思ったのだが、一連の中に置くと戸外の出来事。建物の壁にもたれ、砂浜に足を投げ出して座っているのであろう。向き合うのでなく、並んで座っている二人。水着というより洗いざらしのジーンズを履いているような気がする。膝をかかえたり横座りしたりするわけでもなく、「あー疲れた」という感じでまっすぐに足を伸ばしている。男の足と女の足が二本ずつ、合計四本。二人の姿勢についてけっしてこまごまと述べていないのに「平行線の」だけで座り方や並び方がくっきりと見えてくる。四本の足が平行線を作っているのに対して、壁にもたれてい

る上半身と砂浜に投げ出している下半身とは直角を成しているわけで、その「見えざる直角」と「見える平行線」との共存が場面を鮮明にしている。

一読しただけでは見過ごしてしまいそうなさり気ない歌だが、「平行線の吾と君の足」の清潔感に心惹かれるものがある。初々しいというか、どこかニュートラルな感じ。普通ならば若い男女が並んで足を伸ばしていたらすぐさま性的ニュアンスが立ちのぼってきそうなものだが、不思議なことにこの歌の「足」には性的な意味の肉体性がない。健やかで美しい足なのだがオブジェめいた印象があるのだ。それは「陽のあたる壁にもたれて」のあっけらかんとした明るさのゆえもあろうし、また昭和六十年代の時代の空気に起因するところもあろう。生活の困窮があるわけではない。学生運動の嵐が吹き荒れているわけでもない。程々の豊かさと穏やかさの中で、「今」を大事にしながらもけっしてガツガツと欲望を追い求めたりはしない優しい若者たちがいる。そんな若者たちの端的な姿が「平行線の吾と君の足」に表れている。

十分にのびやかでありつつも、隠しようのない寂しさを秘めた四本の足。『サラダ記念日』に収められた歌には「東急ハンズの買物袋」や「カンチューハイ二本」やサザンオールスターズの唄など時代の流行を映す固有名詞が効果的に用いられている。だが、掲出歌の平行に並ぶ足もまた、たしかな手応えをもって昭和六十年代の青春群像を描き出している、と私は思っている。

では、引き続き次の第二十八番へ進むのだが、ここでちょっと第二十六番の「手」へと話を戻してみたい。題「手」のもとに近現代のさまざまな手や掌の歌を読みたどっていたとき、多様な表情を持つ秀歌があることに気付いた。

大きなる手があらはれて昼深し上から卵をつかみけるかも　北原白秋《きたはらはくしゅう》『雲母集』

はたらけど／はたらけど猶《なほ》わが生活《くらし》楽《らく》にならざり／ぢつと手《て》を見る
石川啄木《いしかわたくぼく》『一握の砂』

生きている不潔とむすぶたびに切れついに何本の手はなくすとも
岸上大作《きしがみだいさく》『意志表示』

君を打ち子を打ち灼けるごとき掌よざんざんばらんと髪とき眠る
河野裕子《かわのゆうこ》『桜森』

シュールな遠近感をもつ白秋の手、生活実感の滲み出る啄木の手、外部との関わりに苦しむ岸上の手、全身全霊を託した河野の掌。これらの印象深い歌を次々に抄出していった中で、ぬきん出て心に残ったのが次の一首であった。

をみな古りて自在の感は夜のそらの藍青に手ののびて嗟《なげ》くかな

森岡貞香《もりおかさだか》『百乳文』

じつはこの歌を題「手」の一首として選ぼうかと考えたのである。だが「手」の題としても出色だが、むしろ「をみな」という題の秀歌と受け取ったほうが面白いのではないか、という思いもあった。そこで第二十六番では見送り、あらためて第二十八番で採り上げてみることにした次第である。

〈第二十八番〉をみな

古《ふ》りにし嫗《おみな》にしてやかくばかり恋に沈まむ手童《たわらは》のごと
石川郎女《いしかわのいらつめ》『万葉集』巻二―一二九

をみな古りて自在の感は夜のそらの藍青に手ののびて嘆《なげ》くかな
森岡貞香《もりおかさだか》『百乳文』

『万葉集』に石川郎女の名の女性は複数出てくるが、掲出歌の作者は字《あざな》を山田郎女という大津皇子の侍女。これは四十歳くらいのときに大伴宿禰《すくね》宿奈麻呂《すくなまろ》に贈った一首である。

四十歳で「古りにし媼」とは残酷なことだが、当時の価値観に照らし合せればいたし方ない。大人の分別のあるはずの自分なのにすっかり恋に溺れて、まるで子供のように無我夢中になっていますよ、と詠んでいる。初句が一音分字足らずになっている変則的な歌い出し。そこに「古りにし媼」としてのみずからを冗談めかして突き放しながら見つめる余裕がうかがえる。実際のところ、戯《ざ》れ言めいた感じで詠まれたものであろう。百戦錬磨の恋の使い手が社交辞令をまじえて投げかけた告白ということになるのだが、それでも初《うぶ》な小娘のように「手童のごと」と表した結句に意外な真情が顔を覗かせている。

『源氏物語』には源典侍《げんのないしのすけ》という個性的な女性が登場する。彼女は「人もやむごとなく心ばせありて、あてにおぼえ高くはありながら」と人柄が良く才気あふれる高貴な人物でありながら、「いみじうあだめいたる心ざまにて」と表されるような強度の恋愛体質の持ち主なのであった。まだ十代だった光源氏や頭中将《とうのちゆうじよう》が好奇心からつい源典侍に声を掛け、とんだドタバタ劇が繰り広げられることになるのだが、このとき彼女は五十七、八歳だったというから驚く。紫式部も思い切った年齢設定をするものである。若い光源氏に媚を売る源典侍のしぐさは痛ましいくらいに滑稽に描かれている。ただ、彼女はあくまでも教養があって美人でしかも琵琶の名手であるところがポイントであろう。単なる恋多き女性というだけでは「危ない人」になってしまう。才色兼備で情も濃い、そんなかつてのマドンナが年老いてもなお恋を捨て切れない。だからこそ大らかさがあり、また哀れさも醸し出されてくるのだ。『万葉集』の石川郎女もきっと男女関係の機微を心得たムードメーカーだったに違いない。
一方、現代短歌の森岡の、

をみな古りて自在の感は夜のそらの藍青に手ののびて嗟《なげ》くかな

は上句の恬淡とした雰囲気が石川郎女の歌とよく似ている。ただ、石川郎女の歌がサービス精神たっぷりに詠まれているのに対し、森岡作品ははるかに超然としている。「をみな古りて」は自分自身のことも視野に入れているのだろうが、じつに客観的。対象となるサンプルを計測したり分析したりしながら興味津々に眺めている風情がある。その印象は語順から来るところが大きいであろう。上句は「年古りしをみなのこころ自在にて」などとすると、わかりやすくなるが平板すぎて駄目である。「自在の感は」という観念的なものを主語にしたのがまずユニーク。また、三句目以下で手の動きに絞り込みつつ自在感をスローモーション映像のように展開したのがすばらしい。先述した北原白秋の歌にも似た手の実在感が漂う。身体から切り離されて手だけがするりと夜空に伸びている感じ。しかも、私には手がゆっくりとそよいでいるような気がする。

森岡の歌からふと私は次の和歌を連想した。

娘子《をとめ》らが袖布留山《ふるやま》の瑞垣《みづかき》の久しき時ゆ思ひきわれは
柿本人麻呂《かきのもとのひとまろ》『万葉集』巻四―五〇一

この歌の「瑞垣」は奈良の石上《いそのかみ》神宮を囲む垣。それゆえ、乙女たちが袖を振っているのは神を招く行為ではないか、という説がある。神に対してではないとしても、恋しい人に袖を振るしぐさには敬虔な祈りが秘められている。森岡の歌の「手ののびて嗟《なげ》くかな」の手の動きと、娘たちの袖の振りには、「何かを手招く」という共通項があるように思われる。「をみな古りて」の「古り」が「袖布留」の「布留」を介して「ふり（振り）」に重なってもいる。娘たちがすずやかに振っていた袖を、いま自分はわが手に代えて、藍青の夜空に向けて揺らめかせていることになる。漆黒の夜空でなく藍青であるところも重要で、ほのかな明るさを残した空から聖か魔かはわからないが何かが降りてきそうな気がする。それを恐れるでもなく、恋い焦がれるわけでもない。成り行きに任せてただ手を伸ばしているのが、まさに「自在の感」なのである。

掲出歌を含む歌集『百乳文』を刊行したとき、森岡は七十五歳であった。九十二歳で亡くなるまでじつにきりりとして美しい人で、ましてや七十五歳の彼女は「をみな古りて」と自称するのは早すぎる感じがしたに違いない。ただ、敗戦直後の一九四六（昭和二十一）年に夫を亡くし、三十歳にして一人の子を持つ寡婦になったことがその後の森岡の人生（中でも「女」としての人生）を左右していたように思われてならない。魅力があるゆえに人の目を惹いてしまうことの辛さ。現在なら独身であろうと既婚であろうとそれはプラスに捉えられることだが、昭和四十年代くらいまでの世の中においては折にふれて生き難さを覚えることがあったであろう。

未亡人といへば妻子のある男がにごりしまなこひらきたらずや
雨に濡れし着物のままにぬくもればいぎたなしわれは泣虫となりて
流弾のごとくしわれが生きゆくに撃ちあたる人間を考へてゐる

一九五三（昭和二十八）年刊行の第一歌集『白蛾』の歌。過剰なまでに自己を律して生きている様子がうかがえて胸が痛くなる。そうやって一人息子を育て上げたのちの自在感が七十代の彼女にもろもろの枷を外した安らかさをもたらし、「をみな古りて」の歌を詠ませたと言えよう。

『白蛾』にはまた次のような歌も収められている。

とある樹が青き手出しぬふらふらと青の憂愁を見てしまひたる
夜風たちぬ樹樹の青き手青き面がわれを喚ばはりをれば竦みつ

樹の青い手は普通に考えれば若葉の繁る枝ということなのだろうが、「青の憂愁」「青き手青き面」と表されたとき、青い手は修辞としての擬人法を超えたなまなましさを持つ。この青い手は何を象徴しているのだろう。みずからの女性性に強い枠組を与えながら生きていた三十代の森岡を深部から突き動かす思いではなかっただろうか。ふと、そんなふうに考えてみたくなる。すると、四十余年後の『百乳文』の「をみな古りて」の歌に現れる「手」は、また新たな位相を帯びて迫ってくる。藍青の空へと伸びる手。夜空から来るものを招き寄せる手は、かつて封印した「をみな」の身体と心に向かって差し出されているように思われるのである。

をとこ

第二十八番では「をみな」を題としたので、今回は対《つい》になるべき「をとこ（をのこ、男）」の歌を読んでみたいと思う。昨今は世の中に「草食系男子」などと呼ばれる若者が増えているらしい。熱っぽく異性を追い求めることをせず、ゆったりと草を食んでいる縞馬やキリンや象のように淡白な青年たち。危険はないがやや迫力不足、といった感じだろうか。男性が草食化するのと反対に、女性のほうに肉食化傾向が見られるのも興味深い。つまりは男も女も中性化していると言える。性差が混沌となり、男か女かという差よりも個人差が前面に出てきた時代と言ってよい。そんな現代の風潮を背景にしつつ、『万葉集』の男の歌と、昭和二十年代前半の男の歌へとそれぞれに分け入ってみよう。

〈第二十九番〉　をとこ

士《をのこ》やも空《むな》しくあるべき万代《よろづよ》に語り継ぐべき名は立てずして

山上憶良《やまのうえのおくら》『万葉集』巻六−九七八

男として仕事したしと言ふさへにいたいたしき迄に妻を傷つく

高安国世《たかやすくによ》『真実』

山上憶良は六六〇（斉明六）年に生まれ、七三三（天平五）年に没したとされる。第七次遣唐使の随員として唐に渡り、日本に帰ってからは筑前守などを務めた。このとき大宰帥《そち》であった大伴旅人と親交を結び、文学サロンの中心人物となって多くの長歌や短歌を詠んだ。掲出歌は題詞に「山上臣憶良、沈痾《ちんあ》の時の歌一首」とある。重病の床に臥せっていた折、藤原八束《やつか》が河辺東人《かわべのあずまひと》を遣わして病状を尋ねさせた。それに応えて詠んだ歌で、憶良は流れる涙を拭いながら口吟したことが書き添えられている。

この歌は「士《をのこ》やも空しくあるべき」と二句切れのしらべになる。「男子たるもの、このように空しく生を終えてよいものか。万代まで語り継ぐべき名声も立てぬままに」と問い掛けている。さすがに遣唐使の一員だっただけに、漢詩の素養に裏打ちされた一首。名を立てることを男子の本懐とした中国の士大夫《したいふ》思想に基づいている。ただ、士大夫思想といってもそれほど肩肘張った印象は受けない。

韓《から》にして、いかでか死なむ。われ死なば、をのこの歌ぞ、また廃《すた》れなむ。

与謝野鉄幹《よさのてつかん》『東西南北』

一八九五（明治二十八）年に二十二歳の鉄幹が朝鮮で詠んだ一首。この壮士風の歌は、かなり肩に力が入っている。若かったこともあるし、和歌革新運動への意気込みも歌の勢いを後押ししている。それに対して、憶良の歌には過剰な気負いがない。「士」「万代」「語り継ぐ」「名」などの強い言葉が用いられているのだが、一首全体の印象はゆったりとした諦観に包まれている。それは、名詞と名詞をつなぐ助詞や助動詞の働きに負うところが大きいからではないだろうか。

たとえば、初句「士やも」の「やも」は係助詞の「や」に詠嘆の助詞「も」が付いた表現。この歌の場合は反語の意を示し、「空しい存在であってよいものだろうか、いやそんなはずはない」と屈折した自己否定を表している。また、「空しくあるべき」「語り継ぐべき」の二つの助動詞「べき」にも注目したい。二つとも義務や命令のニュアンスを帯びた硬質な「べき」だが、上句と下句に繰り返されることによって歌のしらべに流れをつくり出している。それがいかにも最期の力を振り絞って一語一語を発している憶良の息づかいを思わせるのだ。さらに、結句「名は立てずして」が終止形ではなくて言い差しのかたちで終わっていることも、心情の余韻を伝えてくる。

山上憶良といえば『万葉集』巻五―八九二の「貧窮問答の歌一首併せて短歌」がよく知られている。

風交《ま》じり　雨降る夜《よ》の　雨交《ま》じり　雪降る夜《よ》は　すべもなく　寒くしあれば
堅塩《かたしほ》を　取りつづしろひ　糟湯酒《かすゆさけ》　うちすすろひて

と始まる長歌で、前半と後半に分かれている。寒さに震える貧者が前半に詠まれているが、それよりさらに困窮を極める家族が後半に登場し、

わくらばに　人とはあるを　人並《なみ》に　我《あれ》もなれるを　綿もなき　布肩衣《ぬのかたぎぬ》の
海松《みる》のごと　わわけ下がれる　かかふのみ　肩にうち掛け　伏廬《ふせいほ》の　曲廬《まげいほ》
の内に　直土《ひたつち》に　藁解《わらと》き敷《し》きて　父母は　枕の方《かた》に　妻子《めこ》どもは　足《あと》の方
に　囲《かく》み居《ゐ》て　憂《うれ》へ吟《さまよ》ひ　かまどには　火気《ほけ》吹き立てず　甑《こしき》には　蜘蛛《くも》の巣《す》
かきて

と涙ぐましい暮らしが綿々と詠まれている。憶良自身が貧しかったわけではなく、貧困に喘ぐ農民の身になって苦しみを訴えているのである。長歌の末尾は、

里長《さとをさ》が声は　寝屋処《ねやど》まで　来立ち呼ばひぬ　かくばかり　すべなきものか
　世の中の道

と結ばれている。里長が容赦なく声を張り上げて税の取り立てをする姿を活写して臨場感にあふれている。格差社会の歪みが深まる現代にも十分に通用する、ヒューマニズムに貫かれた長歌である。こうした気骨ある歌人の詠んだ「士やも」の一首だと思うと、人生の最期に詠まれた憶良の掲出歌は男の志とロマンと人間味に彩られて、輝きを増すような気がする。

万葉の憶良の時代、農民などの社会的弱者の生活は悲惨なものであった。近現代においても、太平洋戦争の戦中から戦後にかけての日々は国民の大多数が〝社会的弱者〟と呼ばれてもおかしくない非常時であった。掲出した高安国世の、

男として仕事したしと言ふさへにいたいたしき迄に妻を傷つく

は、そうしたつらい日常の中から詠まれた一首である。

高安国世は一九一三（大正二）年に生まれ、一九八四（昭和五十九）年に七十歳で没した。大阪市内で大きな外科病院を開業する家庭に六人兄姉の末っ子として生まれた高安は、何不自由ない幼少年期を過ごす。歌人である母やす子の影響で十二、三歳頃から短歌に親しみ、二十歳の春に「アララギ」入会。土屋文明に指導を受けるようになった。大学ではドイツ文学を専攻し、一九四二（昭和十七）年に第三高等学校教授に、さらに一九四九（昭和二十四）年には学制改革に伴い京都大学助教授になった。

掲出の「男として仕事したしと」の歌は一九四七（昭和二十二）年の作品で、そうした戦後の暮らしの中から詠まれたもの。京都大学でトーマス・マンやリルケ、シュテハン・ゲオルゲの研究をする日々は充実していたものの、当時三十三歳の高安の家庭生活は苦難に満ちていた。戦後の食料難は高安家にも例外ではなく、庭に畑を作って細々と作物を育てる毎日。妻は疲労から病みがちになり、同居していた妻の母親も軽い脳溢血を起こして静臥の身となる。六歳をかしらに三人の幼児の世話が高安の肩にふりかかってくる。加えて、三歳の息子に聴力障害のあることがわかり、心配は募るばかりであった。頼みにすべき実家も戦災に遭い、老齢の両親に迷惑をかけるわけにはゆかない。幼時から喘息を病んできた高安は頻繁に発作を起こすようになり、まさに八方塞りの状況であった。

掲出歌を含む「月明」一連の後ろに置かれた「家常茶飯」一連（「家常茶飯」はリルケの戯曲の題名であるところが高安らしい）には、

いら立ちてすぐ涙ぐむ病む妻に何にむらむらと怒吐きかく

遺伝をば言ひ出でて妻の又嘆く苦しみ行かむ子もその子らも

舌縺れ獣の如く母は喚《よ》ぶ幼な三人の泣き叫ぶなか

月の光におしめ干しつつ我が生に誇張もやがて失せ行くと思ふ

などの家族の葛藤を直截的に詠んだ歌が並ぶ。蓄積する疲労のために心が苛立ち、何でもない会話まで争いの火種になってしまう。相手を傷付け、傷付いた相手を見つめることの苦しさがさらに自分自身にも刃となって返ってくる。そんな残酷な循環が歌を通して克明に見据えられている。

掲出歌に再び戻って読んでみよう。初句の「男として」は「学者として」や「歌人として」と入れ替えるわけにはゆかない。男の沽券、というような古めかしい意味ではなく〝夫でも父親でもない一人の人間として〟というごく率直な願いが「男として仕事したし」に滲み出ている。

また、あえて「男として」にこだわった高安の気持ちの底には、戦後の新時代を動かすマッスとしての歌人の群れに加わりたいという欲求も湛えられていると思う。新歌人集団が正式に発足したのは一九四六（昭和二十一）年十二月。加藤克巳、近藤芳美、宮柊二《しゅうじ》、香川進、小暮政次《まさじ》、前田透など当時三十代の歌人たちが結社を超えて集い、研究会を行なったり雑誌の発行を企画したりした。関西在住の高安も新歌人集団の一員となり、上京するたび大いに刺激を受けたようである。

男のみの安き会話を恋いて行く二月病みし果ての会合　　『砂の上の卓』

歌集『真実』から八年後に刊行された歌集『砂の上の卓』には「男」が詠まれたこんな一首もある。重い喘息発作のため外出のままならなかった二ヵ月間が過ぎ、ようやく会合に出掛けられるようになった開放感。「安き会話」とあるがかなり真剣勝負で言いたいことをぶつけ合う会合だったのではなかろうか。家庭内で妻や義母との関係に神経を使っている高安には、たとえ厳しい議論であっても、いや遠慮のない応酬があるからこそ、男同士の触れ合いが貴重なものであったのだ。男を救うのは女で女を救うのは男、と何となくこれまで考えてきたのだが、認識を改めるべきかもしれない。男を支えるのも女を支えるのも、最終的には同性の力。そんな気もしているこの頃である。

ところで、題の「男」にふさわしい歌を探すためいろいろな歌集を読み返してみて気付いたことがある。それは現代短歌の「男」を詠んだ作品はどうも〝男とは○○である〟という定義付けに傾きがちなこと。

固きカラーに擦れし咽喉輪のくれなゐのさらばとは永久《とは》に男のことば
塚本邦雄《つかもとくにお》『感幻樂』

父よ男は雪より凛《さむ》く待つべしと教へてくれてゐてありがたう
小野興二郎《おのこうじろう》『天の辛夷』

夏野行く夏野の牡鹿、男とはかく簡勁に人を愛すべし
佐佐木幸綱《ささきゆきつな》『火を運ぶ』

あけぼのの中なる樫の影太しあな男とは発語せざる樹
影山一男《かげやまかずお》『天の葉脈』

どの歌も颯爽としており、さらに毅然とした言挙げの真髄に含羞が秘められている。レイモンド・チャンドラーの小説の主人公フィリップ・マーロウのつぶやく名文句「強くなければ生きていけない。やさしくなければ生きている資格がない」をふと想像させる格好良さ。四首を書き並べてみると、作者名にも興味を惹かれた。邦雄の雄、興二郎の郎、幸綱の綱、一男の男。歌だけでなく作者名にも「男」の証が刻み込まれているのだ。名は体を表す、ではなくて、名は作風を表す、と言い換えてみたくなる。

冒頭にも記したように男性の中性化や草食化が進んで「男らしさ」が死語となりつつある時代である。生物学的に見ても、性染色体が「XとX」の二重構造になっている女性はそれだけ補強性に富んで強いのだが、男性の性染色体は「XとY」のヘテロ構造であるためどうしても

脆《もろ》くなってしまう。脆いからこそかつては無理に男性性を誇示していた男たちだったが、今は自然体に還って弱さや優しさを隠さぬようになった。草食化の風潮をそう捉えることもできよう。ともあれ、「Y染色体よ、がんばれ」とエールを送って、第二十九番を閉じることにする。

名

第二十九番では「をとこ」の題のもとに、

士《をのこ》やも空《むな》しくあるべき万代《よろづよ》に語り継ぐべき名は立てずして

山上憶良《やまのうえのおくら》『万葉集』巻六－九七八

を採り上げて、後世まで残る名声を得られぬまま生を終える男の悔しさについて述べてみた。この歌の結句「名は立てずして」の「名」は名声や功績のことを指す。

一般に「名を立つ（口語では「名を立てる」）」というかたちで「名」と他動詞の「立つ（立てる）」が結び付いた場合は、立身出世の意味を表す。しかし、これが「名が立つ」のかたちで自動詞「立つ」と「名」が組み合せられると「浮名が立つ」というニュアンスを帯びるようになる。

「名を立つ」と「名が立つ」。助詞「を」と「が」の一語の違いで意味が大きく異なるところが印象深い。そこで今回は「名が立つ」すなわち浮名が立つほうの古典和歌に着目し、一方の現代短歌は命名のうるわしさを詠んだ歌を選んで、第三十番としてみたい。

〈第三十番〉名

春の夜の夢《ゆめ》ばかりなる手枕《たまくら》にかひなく立たむ名こそをしけれ
周防内侍《すおうのないし》『千載集』雑上

母の名は茜、子の名は雲なりき丘をしづかに下《くだ》る野生馬
伊藤一彦《いとうかずひこ》『海号の歌』

周防内侍の歌は百人一首にも採られているひじょうに人口に膾炙した一首である。彼女は平安後期の一〇三六（長元九）年頃に周防守平棟仲《むねなか》（和歌六人党の一人）の娘として生まれ、後冷泉・後三条・白河・堀河の各天皇に出仕した。『堀河院艶書合』などの歌合せで活躍し、七十歳を過ぎた頃に没したとされている。

『千載集』の詞書によれば、陰暦二月の月の美しい春の夜に二条院（関白教通の邸）で女房た

ちが物語などしながら夜更かしをしていた。語り疲れた周防内侍が「枕をがな（枕がほしいわ）」とつぶやくと、御簾《みす》の外から聞きつけた大納言藤原忠家（俊成の祖父）が「これを枕に」と言って自身の腕を差し入れたのであった。つまり、私の腕をまくらにおやすみなさい、と申し出たわけである。そこで周防内侍が返事代わりにすかさず詠んだのが掲出の一首。

歌意は〈春の夜の夢のようにはかない戯れごころであなたが差し出す腕まくらを借りたばかりに虚しい浮名の立つことが口惜しく思われます〉。「かひなく」は実際に契りを結んだわけでもないのに噂だけが空疎にひとり歩きすることを示す。そしてさらに、「かひなく」には「腕《かひな》」が掛けられて、「手枕」と巧みに呼応する仕掛けになっている。一方、「かひなく立たむ名こそをしけれ」と腕まくらを断わられてしまった忠家のほうは、

契りありて春の夜ふかき手枕《た》をいかゞかひなき夢になすべき

藤原忠家《ふじわらのただいえ》『千載集』雑上

と即座に返歌をして、甲斐なき夢にはしませんよと誠意を訴えているのが見事である。もちろん女の歌も男の返歌もどちらも座興であり、サロンの雰囲気を盛り上げるための戯れである。衆人環視のもとで機知に富む応酬を楽しむ。この風情こそが貴族社会全盛期の華やぎと言ってよいだろう。

このように掲出歌で「名」は「かひなく立たむ名」というようにいたずらな浮名の意味で用いられているが、もう一つ結句の「名こそをしけれ」では惜しむべきものとして大切に扱われてもいる。名を惜しむ、名を負う、名が流れる、といった表現は和歌にはたびたび登場する。いくつか例歌を引いてみよう。

剣大刀《つるぎたち》いよよ研《と》ぐべし 古《いにしへ》ゆさやけく負《お》ひて来《き》にしその名そ
大伴家持《おおとものやかもち》『万葉集』巻二十-四四六七

人はいさ我《われ》はなき名《な》の惜しければ昔も今も知らずとを言はむ
在原元方《ありわらのもとかた》『古今集』恋三

うらみわびほさぬ袖《そで》だにあるものを恋《こひ》にくちなん名《な》こそをしけれ
相模《さがみ》『後拾遺集』恋四

滝の音《おと》は絶えて久しくなりぬれど名こそ流れてなほ聞こえけれ
藤原公任《ふじわらのきんとう》『千載集』雑上

これらの歌の「名」は家名であったり、歌の名手の誉れであったり、恋多き女のプライドであったりする。家系や伝統が現代とは比較にならないほど重要視されていた時代、しかも貴族社会の認識の中では「名」はとてつもない重みを持っていたに違いない。

さらに、「名」には摩訶不思議な拘束力もあったようである。たとえば『万葉集』の巻頭には雄略天皇の次のような歌が置かれている。

籠《こ》もよ　み籠《こ》持ち　ふくしもよ　みぶくし持ち　この岡《をか》に　菜《な》摘《つ》ます児《こ》　家《いへ》告《の》らな　名告《の》らさね　そらみつ　大和《やまと》の国は　おしなべて　我《われ》こそ居《を》れ　しきなべて　我こそいませ　我こそば　告らめ　家をも名をも

春の岡で若菜を摘んでいる乙女に「家告らな　名告らさね」とまず呼びかけて家や名を尋ねている。続いて自分は大和の国を支配している者だと高らかに宣言し、そのあとで「我こそば告らめ　家をも名をも」と〝私のほうこそ家も名も名乗ろう〟と自己紹介しているのである。古代では家や名を問うことはすなわち求婚を意味した。天皇がみずからの権力を誇示しつつ大らかに求愛する。統治者たる神聖さと土俗的な素朴さとが絶妙に合体して、『万葉集』巻頭歌にふさわしい明るいエネルギーが湛えられている。

求婚の名乗りといえば『古事記』の須佐之男《すさのお》を主人公にした「八雲《やくも》立つ」の場面にも出てくる。高天《たかま》の原から追放された須佐之男が出雲国の鳥髪にやってくると川面を箸が流れ下ってくるのに気付く。きっと川上に人が住んでいるのだと思って探してゆくと、老いた男女がいて童女を中にして泣いていた。そこで「汝どもは誰ぞ」と彼は問うのである。老夫婦は「わが名は足名椎《あしなづち》と言ひ、妻《め》が名は手名椎《てなづち》と言ひ、娘が名は櫛名田比売《くしなだひめ》と言ふ」と答える。出雲地方の土着の神なのであった。老夫婦の名に「手」や「足」が入っているところがいかにも農耕の神らしく思われるし、娘の名の中の「櫛」は呪力を暗示しているのであろう。また三人の名前に「名」の字が織り込まれているのも印象に残る。三人は泣きながら、八俣《やまた》の大蛇《おろち》がやって来て娘を食べてしまうことを訴え、須佐之男に助力を仰ぐ。承知した彼は「この汝《な》が娘は、我《あ》に奉《たてまつ》らむや」と比売に求婚するのであるが、そのときに父である足名椎が「恐し。また御名を知らず（畏れ多いことですが、お名前を）」とやはり名を尋ねている。それに対して須佐之男がいきなり名を告げるのでなく「我《あ》は、天照大御神《あまてらすおほみかみ》のいろせぞ（私は天照大御神の異母弟であるぞ）」とまずは身元証明をしているのも面白い。かつて石原慎太郎が東京都知事選に立候補したとき、第一声が「石原裕次郎の兄です」だったことを（全く関係ないことながら）思い出してしまった。

　もともと言葉には言霊《ことだま》という目に見えぬ力が宿るが、中でも固有名詞には特有のポテンシャルが加わる。だから、名に関心を寄せることは、それだけで名前の背後の大きな力を背負い込むことになるのだ。名を尋ねたり尋ねられたりするときもそうだし、さらに誰かに名を授けるときもその力を感じずにはいられない。今回、現代短歌の「名」の一首として選んだ伊藤一彦の、

母の名は茜、子の名は雲なりき丘をしづかに下《くだ》る野生馬

は、まさに命名の豊かさを味わわせてくれる歌である。
掲出歌は伊藤の第六歌集『海号の歌』の「海号」の章に収められている。詞書が付いているわけではなく、また同じ章に地名を特定できる歌もないので、どこで詠まれた一首かはわからない。ただ、前の章「光の国」に次の歌がある。

視力なき月盲《げつまう》の母待ちてゐる一頭なしや夕光に消ゆ

この歌に「都井岬」と注が付いているので、掲出の「母の名は茜」の歌も都井岬の野生馬を詠んだものと思われる。月盲とは馬に発症する炎症性の眼疾患で、慢性化すると失明することが多いという。ここで「視力なき月盲の母」と詠まれている親馬もそうした一頭であろう。盲目の馬は、

睦みあひすでに睡れるか盲ひたる一頭もゐる岬の馬群

『青の風土記』

と第四歌集にも詠まれている。伊藤は二十代後半からの約十年間を宮崎県南部の串間市に暮らした。それゆえ彼にとって、県最南端に位置して志布志湾に面する都井岬は馴染み深い場所だったと思う。山地が海に突出して周囲が絶壁をなす都井岬。そこを訪ねては放牧されている馬を眺めるひとときは、まさに彼の生の一部となっていたはずである。歌集『海号の歌』の頃に五十代に入ろうとしていた作者が、串間での若かりし日々をなつかしみながら詠んだのが今回採り上げた「母の名は茜」の一首であるような気がする。

茜という母馬は別に盲目ではなかったかもしれない。だが、母馬と子馬の間にどこか労り合うような、そっと肩を寄せ合うような、そんな慎ましさを感じるのは私だけだろうか。親子馬の優しさはおそらく母馬の名「茜」と子馬の名「雲」から生まれている情感なのにちがいない。

茜と雲。それにしても美しい名である。二頭の馬が首から名札を下げていたとも思えないので、この名は伊藤がその日その時ふと思い付いて授けたものであろう。見事な茜空の「茜」を母馬の名に、その空に浮かぶ気ままな「雲」を子馬の名に。柔らかい雲は茜空に甘えかかるように浮かんでおり、そのままゆっくりと日が暮れてゆこうとしている。秋晴れの一日（季節が秋であることは一連の他の歌からわかる）の記念として、茜と雲は一日だけの名を得たのである。それは伊藤と二頭の馬だけのかぐわしい思い出である。

掲出歌を含む一連「海号」には、

おぼれゐる月光見に来つ海号《うみがう》とひそかに名づけゐる自転車に

の歌も収められている。ここでも伊藤は命名をしているのだ。しかも自転車に。歌集後記によれば「Sea World」のステッカーを貼った娘の自転車を作者が譲り受け、ひそかに海号と名付けたのだという。ヨットやクルーザーには名を付けるが、同じ乗り物でも自転車や自動車に命名する例はあまり聞いたことがない。だが言われてみると、愛用の自転車に海号と名付けて海の月光を見に行く、というのはなんと素敵なアイデアであろうか。名を付けることは対象に愛を注ぐことなのだ、とあらためて納得する。そして、命名には（それが人間に対してであれ、動物や植物やあるいは自転車に対してであれ）どんなときにも祈りの思いがこもっているのだなあ、と感じる。

茨木のり子の『人名詩集』に「吹抜保」という詩がある。

心は　ぽかん
秋のそら
ぶらりぶらりの散歩みち
一軒の表札が目にとまった

吹抜保

ふきぬけたもつ　か
ふきぬきたもつ　か
吹抜家に男の子がうまれたとき
この家の両親は思ったんだ
吹抜という苗字はなんぼなんでも　あんまりな
親代々の苗字ゆえしかたもないが
天まで即座に　ふっとびそうではないか
この子の名には　きっかりと
おもしをつけてやらずばなるまい

吹抜保《ふきぬけたもつ》　いい名前だ　緊張がある
庭には花も咲いていて
一家のあるじとなった保氏は
なんとか保っているようだ
年はわからないが

たもっちゃん
ながく　ながく　保っておれ

ユーモラスで温もりに溢れていて、好きな詩である。「この子の名には　きっかりと／おもしをつけてやらずばなるまい」に殊にしびれる。

名前の好き嫌いといえば、吉本ばなな（現在は「よしもとばなな」）が作家デビューして間もない頃、父の吉本隆明がある対談で「娘の筆名がどうも気に入らない」と語っていたことを思い出す。吉本ばななの本名は真秀子《まほこ》という。「大和は国のまほろば」の「真秀」。完璧にすぐれている様を表す古語で、意味もしらべも美しい。吉本隆明ならではの命名で、私などは良い名だなあと羨ましく感じるのだが、当人にしてみると真秀子のままでは父の価値観から出られないような圧迫を覚えたのであろう。筆名「ばなな」を選んだ気持ちはわかる。隆明の娘が「ばなな」であるのも今にして考えればずいぶん洗練された命名感覚だと言える。

さて、命名をめぐって話がいろいろなところに飛んでしまったが、冒頭の周防内侍の、

春の夜の夢《ゆめ》ばかりなる手枕《たまくら》にかひなく立たむ名こそをしけれ

の歌にもう一度戻りたいと思う。周防内侍の歌は、現代歌人にとっては、

春の夜の夢ばかりなる枕頭にあっあかねさす召集令状

塚本邦雄《つかもとくにお》『波瀾』

この塚本作品が本歌取りをした一首として記憶されているだろう。塚本の歌では、愛しい人の手枕を殺風景な一人寝の枕頭に置き換え、あまつさえそこにおぞましい召集令状が突き付けられる設定になっている。「あっあかねさす」の驚き。そして枕詞「あかねさす」が導き出す召集令状（赤紙）の赤いイメージが衝撃的である。

楠見朋彦の著書『塚本邦雄の青春』（ウェッジ文庫）によれば、塚本は一九四〇（昭和十五）年、滋賀県八日市で徴兵検査を受け第三乙種合格。兵種は「主計兵」と記載されたようだ。一九四一（昭和十六）年八月に広島県呉市の軍工作庁に徴用されるものの、奇蹟的に戦場に狩り立てられることからは免れた。ただ、戦局が悪化する中で、いつ召集がかかるかと恐れる日々だったことだろう。塚本の「あっあかねさす」の歌は上句のみが周防内侍の歌の本歌取りとされるが、よく読んでみると下句にも本歌の心が色濃く影を落としている。すなわち、「かひなく立たむ名こそをしけれ」の名への執着や名への怯えが下句にありありと湛えられているのだ。召集令状に記載されている「塚本邦雄」という名前。大切な自分の名前がそのような「かひなき」姿で枕頭に現れることなどあってはならない。名前よ現れてくれるな、という切実な願いが塚本作品の下句には託されている。その願いを言外の思いとして、周防内侍の歌に言寄せて表しているところが心憎いばかりの見事さである。

この歌を詠んだとき、塚本はすでに六十代後半。徴兵検査から五十年近く経ってなお、「春の夜の手枕に立つ浮名」ならぬ「召集令状に立つ名」という悪夢を塚本は憎み続けていたのだ。返すがえすも、「名」は揺るがせにできない。そう思い知らされた。

草

第三十番で題「名」の歌を採り上げたとき、『万葉集』の巻頭歌や『古事記』の「八雲立つ」の場面を引用しつつ、名を問うことは求愛の証であったことを述べた。名を尋ねて、それに応える。スムーズにゆけばほんの数秒で済む行為だが、あっさりゆかないのが世の常。そこにさまざまな障害が起こるとき愛のドラマが生まれる。

菊田一夫が脚本を書いた『君の名は』などがまず思い浮かぶところであろう。一九五二（昭和二十七）年にラジオで放送されて人気を博し、翌年には映画になって大ヒット。続編まで制作された恋愛物語である。ドラマの始まりの場面は大空襲の夜の銀座、数寄屋橋。命からがら爆撃から逃げ惑う若き男女が橋のたもとで出会う。運命を感じた二人は、生きていられたら半年後にまたこの橋で会おう、それが無理ならさらに半年後にきっと、と約束を交わす。続いて「君の名は?」と男が問い掛けたとき、にわかに焼夷弾が降りかかって女の返答は掻き消されたのであった。そこから長大な擦れ違いのメロドラマが始まる、という内容になっている。半年後に会おう、それが駄目ならまた半年、などと回りくどい取り決めをしている暇があるなら、先に名前くらい聞けるだろう！　と突っ込みを入れたくなるが、そういう理屈が通らないからこそドラマは成立する。私はビデオを借りて『君の名は』を観たのだが、主演の佐田啓二と岸恵子のあまりの美しさに圧倒されて、荒唐無稽な設定のことなどもはやどうでもよくなっていた。携帯電話が当り前になった現代ではとうてい考えられない大ロマンと言えよう。

一方、外国映画の「名を問う」場面で印象的なのは、フランス映画『シェルブールの雨傘』（主演はカトリーヌ・ドヌーヴ）のラストシーンである。一九五〇年代のフランス北部の港町シェルブール。傘屋の娘ジュヌヴィエーヴは青年ギイと恋に落ち、妊娠したことがわかる。しかしギイは徴兵されアルジェリア戦争へ。「子供が生まれたらフランソワーズと名付けて」と言い残して出征した彼はその後消息が途絶えてしまう。諦めた彼女は生まれた娘を連れて結婚、パリへ移住する。だが、ギイは負傷しつつも生きていた。帰還した彼はシェルブールの街でガソリンスタンドを始め、結婚して息子も生まれる。大雪のクリスマスの日、娘を連れてパリから故郷に戻っていたジュヌヴィエーヴは、たまたま給油に訪れたスタンドでギイと再会する。すでに別々の家庭を持っている二人は多くの言葉を交わさない。ただ別れ際にひとこと、ギイが「お嬢ちゃんの名前は？」と尋ねて、ジュヌヴィエーヴが「フランソワーズ」と答えるのである。車が去ったあと、息子と雪で遊ぶギイ。そのときギイが息子を「フランソワ」と呼んでいたのが心に沁みる。戦争に引き裂かれた二人だけれど、フランソワ、フランソワーズという子供の名が恋の思い出をうるわしくとどめていることに魅了された。

では、日本の王朝文学で名を問う名シーンは何だろうか。いろいろあると思うが、私が最も好きなのは『源氏物語』「花の宴」の巻の光源氏と朧月夜が衝撃的な出逢いをするくだりである。このとき朧月夜の詠んだ歌は、後に藤原俊成が言及したことにより、伝説の名歌といったかたちで語り継がれている。いささか前置きが長くなってしまったが、そこで今回はこの朧月夜の歌を第三十一番として採り上げてみたいと思う。題は「草」である。

〈第三十一番〉草

うき身世にやがて消えなば尋ねても草の原をばじとや思ふ

『源氏物語』「花の宴」

くさむらへ草の影射す日のひかりとほからず死はすべてとならむ

小野茂樹《おのしげき》『黄金記憶』

『源氏物語』「花の宴」は短い巻だがじつに華麗な珠玉の輝きを放っている。源氏二十歳の春、宮中の南殿で桜の花の宴が催された。宴果てた夜更け、桜月夜の風情に誘われた源氏はそっと寝所を抜け出す。禁断の恋人・藤壺に逢えるのではないかと一縷の希望をいだいて忍び歩きをしていると、偶然にも弘徽殿《こきでん》の細殿が開いていることに気付き、身をひそませた。すると「朧月夜に似るものぞなき」と若々しい声で口ずさみながらやってくる女がいる。興を覚えた源氏は暗闇の中で彼女の袖をとらえ、細殿に抱き降ろして戸をぴたりと閉じてしまう。女はひたすら恐がり「あなむくつけ。こは誰《た》れぞ（嫌です、あなたは誰？）」と問うが、源氏は「何かうとましき（そんなに嫌がらなくても）」と取り合わない。現代なら間違いなくレイプ事件で法的制裁がくだるはずだが、当時の貴族社会ではありがちな出来事。あまつさえ源氏は「まろは、皆人《みなひと》にゆるされたれば、めしよせたりとも、なんでふことかあらん。ただ忍びてこそ（私には誰もとやかく言う人はいません。人を呼んでも無駄ですよ。だから静かに）」などと自慢する始末である。結局、女は身を任せることになってしまった。もっとも、この時点で女のほうは相手が名高い貴公子の光源氏だとわかって安心した部分もある。ただ、源氏には相手がどこの姫君なのかわからない。「名のりしたまへ」と関係を持った後で重ねて促すのだが、女は答えない。代わりに詠んだのが掲出の、

うき身世にやがて消えなば尋ねても草の原をばＩ問はじとや思ふ

の一首である。

歌意は〈つらい世の中、私が名乗らぬまま消えてしまったとしても、あなたは草の原を分けてでも尋ねてきてはくれないでしょう〉。「やがて消えなば」と上句で死を暗示しているので、下句の「草の原」は死後の魂の在処を匂わせている。

「うき身世」「消えなば」「草の原」「問はじ」など沈鬱なイメージの語で構成された一首で、初めて契りを結んだのちの女性の歌とは思われない湿っぽさである。ただ、あえて俯きがちに拗ねて表したところに、どうしようもなく男に惹かれてしまった女の喜びと戸惑いを読み取ることができる。

その折はついに女の名を聞くことができぬまま扇だけを取り交わして別れてきた源氏であった。すぐさま必死で女の素性を探らせたところ、悩ましい事実が判明する。朧月夜の君は右大臣家の六の君で、弘徽殿女御の妹にあたる姫君であった。弘徽殿女御といえば、自分の産んだ東宮（のちの朱雀帝）を愛するあまり、異母弟にあたる源氏を敵視する人物。また、左大臣家の娘の葵の上を妻に迎えている源氏は、右大臣家にとっても敵対するべき相手であった。

このあたりの人間関係はやや複雑なので図式化（次頁）してみよう。

加えて、六の君の朧月夜は間もなく東宮の妃として入内する予定だったのだ。いわば右大臣家の掌中の珠である末娘を源氏が強奪してしまったことになる。考えるだに罪深い、一夜の行ないである。

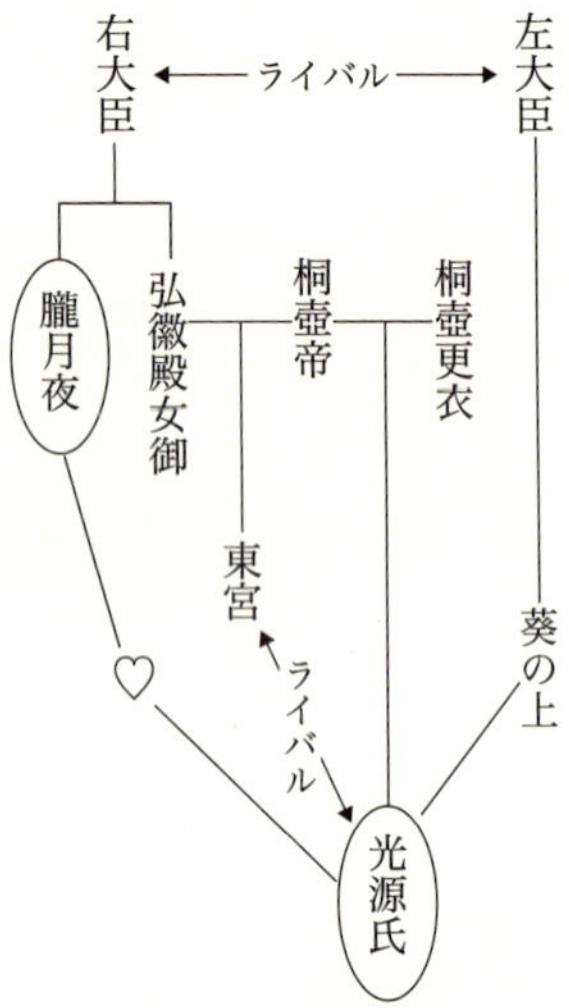

モンタギュー家のロミオとキャピュレット家のジュリエットさながらに、その後の二人は左大臣家と右大臣家の対立に翻弄されながら波乱の関係を続けてゆく。身の破滅を招きかねない危うい相手とわかっていながら、と言うよりわかっていればこそ、いっそう燃え上がるのが恋愛というもの。源氏と朧月夜の恋にはつねに綱渡りのヒヤヒヤ感が伴って心をそそられる。源氏に言い寄られて最初こそ怯えていた朧月夜だが、じつは彼女は物怖じせぬ開放的な性格の女性で、朱雀帝の尚侍《ないしのかみ》になってからも源氏と大胆な密会を続ける。そういった型破りな奔放さも見事で、私は『源氏物語』の女性の中で朧月夜が最も好きである。

ところで「草の原」を詠んだ朧月夜の歌にスポットが当たるのは、『源氏物語』が完成して百八十年余りを経た一一九三（建久四）年の六百番歌合においてである。この壮大な歌合は顕昭、慈円、寂蓮、藤原家隆、藤原季経、藤原有家らが藤原良経の邸に集って何度かにわたって行なわれた。判者は藤原俊成。六百にわたる歌合の中の冬上の第十三番「枯野」の題で、次の二首が並んでいる。

左　　　女房

見し秋を何《なに》に《ゝ》残《のこ》さん草の原ひとつに変《かは》る野《(の)》辺《べ》のけしきに

右　　　隆信朝臣《たかのぶあそん》

霜枯の野辺《べ》のあはれを見ぬ人や秋の色には心とめけむ

左歌で「女房」とあるのは藤原良経のことである。左歌に対して右方から、「草の原」というのは墓所を暗示しているようで風情がない、という批判が出た。にもかかわらず俊成は左を勝と判定し、次のように述べている。

左、「何《なに》に《ゝ》残《のこ》さん草の原」といへる、艶にこそ侍《(はべる)》めれ。右方人、「草の原」難申《(なんじまうす)》之条、尤《(もつとも)》うたゝあるにや。紫式部、歌詠《よ》みの程よりも物書《か》く筆《ふで》は殊勝也。其上、花の宴の巻《まき》は、殊《こと》に艶なる物也。源氏見ざる歌詠《よ》みは遺恨事也。

良経の歌は霜枯れの野辺の中に「見し秋」（昔の秋）の華やかな花々の面影を甦らせている。その雅やかな記憶には『源氏物語』「花の宴」の危険な恋のときめきが裏打ちされているのだ、と俊成は解している。「草の原」と聞いたときすぐに「花の宴」を連想せねばならないのに、気付かぬまま非難するとは何事か、と責めているわけである。

『源氏物語』こそ歌人にとっての必要不可欠の教養である、という強い思いが俊成にはあった。その信条は後鳥羽院への訴状『正治二年俊成卿和字奏状』にも記されている。また、そうした個人的な価値観だけでなく、六百番歌合における俊成の『源氏物語』礼讃にはライバルである六条家への批判が色濃く込められてもいる。六百番歌合のメンバーをあらためて眺めてみると、

① 御子左家《みこひだりけ》を中心とする革新派メンバー
（慈円、寂蓮、定家、家隆、隆信、俊成、良経）

② 六条家の歌学を奉ずる旧派メンバー
（顕昭、季経、経家、有家）

この新旧二派が同席していたことがわかる。評定の場では、新派の代表・寂蓮と旧派の代表・顕昭の応酬がとりわけ激しかったようである。独鈷《とっこ》（密教で用いる法具で、金剛杵《しょ》の一種。金属製で両端がとがった短い棒）を手にして熱弁を奮う顕昭と、鎌首をもたげるように身を乗り出して応戦する寂蓮。二人の姿があまりに激烈なので、見物に来た女房たちが「独鈷鎌首」と騒いだという説話が頓阿《とんあ》の歌学書『井蛙抄《せいあしょう》』に残っている。

そうした背景を考えると、「草の原」をめぐる右方への批判は、革新派である御子左家の俊成が保守派の六条藤家の歌人たちに放った鋭い矢と言えそうである。以来、「源氏見ざる歌詠

みは遺恨事有《いこんのことなり》」は歌詠みの基本姿勢として定着した。六百番歌合の判詞を読むと、俊成は他にも『源氏物語』の「夕顔」や「玉鬘」の巻を援用しながら勝ち負けを下している。物語の世界を引き写しにするばかりでなく、本歌にプラスアルファすることが大切だと認識していたのであろう。「草の原」の歌で言えば、桜咲く夜のラブアフェアを初冬の追憶へ移し変えた趣向にこそ藤原良経の手柄があると思われる。このように、「草の原」というような一見殺風景な情景が「艶にこそ侍めれ」と賞賛されるに至ることもある。すべては本歌の湛える厚みがあってのことで、今さらながらに和歌の伝統の奥行深さに感嘆させられるのである。

では、現代短歌のほうはどうであろうか。小野茂樹は一九三六（昭和十一）年に生まれて一九七〇（昭和四十五）年五月に三十三歳の若さで逝去。乗車していたタクシーがコンクリートの中央分離帯に激突したための事故死であった。妻と前年に生まれたばかりの長女を遺しての不慮の死。『黄金記憶』は第二歌集であると同時に遺歌集となってしまった。掲出歌の、

くさむらへ草の影射す日のひかりとほからず死はすべてとならむ

は編年体の歌集の巻末近くに置かれている。

「くさむらへ草の影射す」と「くさむら」「草」が重なって出てくるところがまず特徴的である。草叢に人影が映ったり雲の影が覆い被さったりしているのではない。日が射したとき、草

の上に草そのものの影が落ちている。そんな何でもない光景。何でもないけれど静かに完結した無音の世界。作者は一個の充足した世界の中で、ふと〝完全な静もり〟としての死を思い浮かべたのであろう。その心の動きはわかるような気がする。小野の事故死の少し前に詠まれた一首であることから、死を予兆した歌ではないか、と言われることもあるが、私にはそれほどの予感があったとは思えない。

もともと小野には死の気配をリリカルに詠んだ秀歌が多くある。

隆みより日に乾きゆく川の砂まのあたりわれは父の死を見ず　『羊雲離散』
崖の照りかがよふ谷の縁をゆきこの地に還す葬列に会ふ
母は死をわれは異る死をおもひやさしき花の素描を仰ぐ　『黄金記憶』
こゑ細る学童疎開の児童にてその衰弱は死を控へたり
翳り濃き木かげをあふれ死のごとく流るる水のごとくありし若さか
死をうたふうたみづみづしとほざかりゆく少年期・幼年期の朝

小学三年生のときに東京から長野に学童疎開して、級友の死を間近に見た体験。あるいは十四歳で父を亡くしたこと。こうした体験が死に対する鋭敏な感受性を彼の中に育んだのかもしれない。また五首目や六首目を読むと、去ってゆく少年期を死の比喩によって詠むモチーフも持っていたような気がする。いずれの歌においても、死はまがまがしいものというよりも「日に乾きゆく川の砂」や「崖の照りかがよふ谷の縁」や「翳り濃き木かげ」などの自然界の照り翳りに包まれて、むしろ安らかさを帯びているように見える。小野にとって生と死は日差しや闇のようなごく身近な存在だったのではなかろうか。

　村野四郎の詩集『実在の岸辺』（創元社）に「枯草のなかで」という詩が収められている。

大方　草もかれたので
野のみちが　はっきり見えてきた
このみちは　もう少し先まで続き
崖の上で消滅している
――墜落が　ぬくてのように待ちうけている　明るい空間
その向うには　もう何も無い
永遠が　雲の形をしてうかんでいる

ぼくには　まだ解らない
暗い一つの事がある

それを考えてみなければならない
ぼくは　このやさしく枯れいそぐ草たちの上に
身をなげだす
身元不明の屍体のように

まだ　いくぶんの温《ぬく》もりはあるようだ
晩秋の黄ろい陽ざしの中にも――
眼をつむる
すると　このどさりとした孤独な臓物の上へ
非常にしばしば　永遠が
つめたい影をおとしていく

小野の「くさむらの」の歌を読むといつも村野の詩を思うのである。「墜落が　ぬくてのように待ちうけている」と表現されている「ぬくて」は「抜く手」であり、素早く抜かれた刀のことであろう。刃物のような失意が待ち受けてはいるが、それでも不思議に明るくて温もりの残っている枯草の上。雲の形をした永遠が草叢に影を落とすとき、「ぼく」はそこに身を投げ出して永遠と一体化するのである。小野が「くさむらの」の歌で詠んだ「死」はおそらくこの

「永遠」と同義の観念であろう。

そして、こうも思うのである。平安、鎌倉の貴族歌人たちが「草の原」に託した恋の艶やかさやはかなさも、つまりは永遠への希求だったのではないか、と。叶わぬと知りつつ永遠を追い求める心があったからこそ、「草の原」の歌も「草の影射す」の歌も時空を超えて生き続けているのではなかろうか。

星

第一番の題「行く春」から始まったこの歌合せも三十一番までを終えた。第三十三番をもって完結とするので、残すところあと二番。これまで植物や動物、衣類や飲食物、さらに身体の部位や建築物など思い付くままに題を選んできたが、あと二番で終わりということになって、さてどのような題がふさわしいだろうかとあらためて思案してみた。締め括りなので、あまり細かい内容や突飛な対象ではないほうがよい。できるだけのびやかな題が好ましいだろう。そう思いつつ、結果として第三十二番に「星」を、第三十三番に「あふ（逢ふ、会ふ）」という題を選んでみた。

時空を越えた歌の出合いを目指すこの歌合せは、古典和歌と現代短歌の組み合せから成っている。時空を大きく跨いだ、歌と歌との出合い。つまり、広大な宇宙空間を越えて星と星とが互いを照らし合うイメージが基底に流れているのだ。銀河系宇宙を構成する一つ一つの星は、千数百年以上にわたって詠み継がれてきた一首一首の歌である。そしてその星と星との一回限りの出合いによって、思いがけない歌合せのときめきが生まれる……やや大げさだがそんなふうに解釈してみたくて、題を「星」と「あふ」に決めた次第である。

では、まず第三十二番の「星」からいってみよう。

〈第三十二番〉星

月をこそながめなれしか星の夜の深きあはれをこよひ知りぬる

建礼門院右京《けんれいもんいんのうきょうの》 大夫《だいぶ》『玉葉集』

あけぼのの星を言葉にさしかへて唱《うた》ふも今日をかぎりとやせむ

岡井《おかい》 隆《たかし》『天河庭園集』

建礼門院右京大夫（以下では右京大夫と記す）は平安時代末の一一五五（久寿二）年頃に生まれ、高倉天皇中宮の徳子（平清盛の娘で安徳天皇の母）に仕えた女性。平資盛の恋人であったが、資盛は一一八五（文治元）年三月の壇ノ浦の合戦で平家一門とともに海の藻屑となって果ててしまう。平家滅亡後の彼女は悲しみにうち沈みつつも仏門に入る道を選ばなかった。四十歳くらいのときに後鳥羽帝付き女房として再び出仕し、変転する世の動きを静かに見つめながら八十歳近くまで生きたようである。

彼女が書き残した『建礼門院右京大夫集』には三百六十余首の歌が収められている。この集は和歌の数々の味わいもさることながら、ふんだんに盛り込まれている詞書が魅力的。日記的家集、と呼ぶべき叙事詩の世界が綴られており、詞書と和歌との交響を通して平家の栄華から滅亡へと移り変わる時代が抒情性豊かに描き出されている。

掲出歌は資盛亡き後の悲しみの日々に詠まれた一首。十二月初めに都を離れて比叡山東麓の坂本に滞在した折の歌である。歌意は〈これまでは月を見てはもの思いにふけっていましたが、星の夜の情趣の深さを今宵初めて知りました〉。三句目の「ながめ」には月を眺める「眺め」と、もの思いにふける「ながめ」が掛けられている。また、この歌にはじつに美しい詞書が付いている。少し長くなるが引用してみたい。

十二月ついたちごろなりしやらむ、夜《よ》に入《い》りて、雨とも雪ともなくうち散りて、むら雲さわがしく、ひとへに曇りはてぬものから、むらむら星うち消えしたり。引き被《かづ》きふしたる衣《きぬ》を、更《ふ》けぬるほど、丑《うし》二つばかりにやと思ふほどに引き退《の》けて、空を見上げたれば、ことに晴れて浅葱《あさぎ》色なるに、光ことごとしき星の大きなる、むらなく出でたる、なのめならずおもしろくて、花の紙に箔《はく》をうち散らしたるによう似たり。今宵《こよひ》はじめて見そめたる心ちす。さきざきも星月夜《ほしづきよ》見馴れたることなれど、これはをりからにや、ことなる心ちするにつけても、ただ物のみおぼゆ。

丑二つ（午前二時過ぎ）の薄い藍色の空に大粒の星が一面に光り輝いている。その圧倒的な華やぎを「花の紙に箔をうち散らしたるによう似たり」と花色（縹《はなだ》色ともいう。薄い青色）の紙に金色の箔を散らした趣にたとえているのが優美である。そして、これまでにも月のように明るい星の光を見たことはあるが旅先の風情も加わってとりわけ心に沁みてさまざまなことが思われる、と結んでいる。言語学者の新村出《しんむらいずる》はこの詞書と和歌を高く評価し、右京大夫こそ「星夜讃美の女性歌人」である、と賞賛した。彼女の父の藤原伊行《これゆき》は三跡の一人として有名な藤原行成の後裔にあたり、世尊《せそんじ》寺流の能書であった。新村出はそのことにも触れて、「さすがに彼女は世尊寺家に生れた女性であつた。物すごい深夜の星の景を写すにふさはしい詞を忘れなかつた」と感嘆している。

掲出歌は歌だけ読むと季節がわからないが、詞書とともに味わって冬の真夜中の星なのだと知ると格段に印象が深まる。そもそも古典和歌において、星は七夕の夜の織女星と牽牛星の逢瀬に託して詠まれるのが一般的である。月といえば秋、と同じように星ならば七夕と季節が決まっていた。実際、『建礼門院右京大夫集』にも七夕の星にまつわる歌ばかり五十一首をまとめたくだりがあり、中でも次のような歌は心に残る。

きかばやなふたつの星の物語りたらひの水にうつらましかば
なにごともかはりはてぬる世の中に契りたがはぬ星合《ほしあひ》の空
秋ごとに別れしころと思ひ出づる心のうちを星は見るらむ

一首目の「たらひの水にうつらましかば」は七夕に牽牛と織女を祀る乞巧奠《きこうでん》を踏まえている。中国から伝わったこの行事では清涼殿の東庭に葉薦を敷き、殿上の椅子を並べてそこで夜通し作文《さくもん》や管弦の遊びをした。盥に水を張って星を映すことも行われたという。二首目は上句に世の無常への率直な嘆きが表れていて胸打たれる。ひたひたと悲哀に満ちた一首の中で「星合の空」の語感のすずやかさがいっそう切なさを誘う。三首目は「秋ごとに別れしころと思ひ出づる」に資盛と最後に会った日の記憶が刻印されている。都落ちする資盛と別れたのは一一八三（寿永二）年七月下旬のことであった。星は二人の恋も、二人の心の内側までもすべて見通し、そして星だけがそれを覚えていてくれる。星へのそんないじらしい心寄せをこの歌から読み取ることができる。

こうした七夕と星との古くからの情感に添った歌も、人生のドラマを背景にして読むと独自の厚みをもって迫ってくるものがある。まして、旅の宿りに仰ぐ冬星を詠んだ、

月をこそながめなれしか星の夜の深きあはれをこよひ知りぬる

の掲出歌はたおやかなしらべの奥に凄絶な人生観が湛えられていて、どこか他者を拒絶するかのような厳しささえ感じさせる。「深きあはれをこよひ知りぬる」の「知りぬる」は暗い暗い悲劇の底を見てしまった人の断念のつぶやきであろう。

寿永元暦《じゆえいげんりやく》などのころの世のさわぎは、夢ともまぼろしとも、あはれともなにとも、すべてすべていふべききはにもなかりしかば、よろづいかなりとだに思ひわかれず、

と始まる述懐の中で右京大夫は「ただいはむかたなき夢とのみぞ」「夢のうちの夢を聞きし心ち、なににかはたとへむ」と繰り返し夢や幻のはかなさに寄せて嘆いている。嘆きつつ彼女は、資盛をはじめとする平家一門の鎮魂のために残生を捧げたのであった。

『建礼門院右京大夫集』には藤原定家との間の晩年のエピソードが記されている。勅撰集編纂に携わっていた定家が〝書き置いてある歌があれば見せてください〟と声をかけてくれたのだ。そして二つの名（建礼門院の女房時代の召名《めしな》と後鳥羽院の女房時代の召名）を持つ彼女に「いづれの名を（どちらの名で載せますか）」と問い掛けた。その心遣いがうれしく身に沁みて「その世のままに（昔の名のままで）」と右京大夫は答えたという。二十歳前後にほんの五年間だけ

出仕していた時の名前。ただ、短い間ではあったがその名は彼女の宝物だったにちがいない。恋の華やぎに彩られた青春時代の結晶なのだから。

言の葉のもし世に散らばしのばしき昔の名こそとめまほしけれ

と右京大夫は詠んでいる。「昔の名」を愛し抜いた彼女の思いと、それを忖度した定家の優しさ。歌人同士のほのぼのとした心の交流を伝える逸話である。

さて、哀愁を纏った右京大夫の歌に対して現代短歌の「星」の一首に選んだのは岡井隆の作品である。

あけぼのの星を言葉にさしかへて唱《うた》ふも今日をかぎりとやせむ

歌集『天河庭園集』に収められている歌だが、この歌集はやや複雑な経緯のもとに刊行されている。

一九七二（昭和四十七）年、思潮社から『岡井隆歌集』が出た。『斉唱』『土地よ、痛みを負え』『朝狩』『眼底紀行』の四歌集に初期歌篇「O《オー》」を加え、さらに巻末に一九六七（昭和四十二）年三月から一九七〇（昭和四十五）年五月までの作品を『天河庭園集』と題して収めている。すなわち『天河庭園集』はもともと全歌集の巻末に置かれた未刊歌集だったのである。だが、この未刊歌集には深い意味があった。一九七〇年七月、『岡井隆歌集』のすべての歌稿をまとめて思潮社の小田久郎に手渡した直後、彼は東京を離れ、家を離れ、歌人として医師としての一切の地位や仕事と決別して九州へと身を隠したからである。一九七〇年夏に歌稿が揃っていながら実際の刊行までに二年もかかったのは、そのあたりの岡井自身の事情に由る。そして、作者不在のまま世に出た『岡井隆歌集』の巻末未刊歌集として、『天河庭園集』はまるで悲劇の王子のような雰囲気を長らく漂わせていた。

しかし一九七五（昭和五十）年に岡井は歌壇復帰。書き下ろし歌集『鵞卵亭』を出し、読売新聞の短歌時評を担当するなど論作両面でまた精力的に活動をはじめた。そして、一九八七（昭和六十二）年にあらためて『岡井隆全歌集』ⅠⅡが思潮社から出版される運びになった。このときⅠ巻の巻末にかつての『岡井隆歌集』所収のままの『天河庭園集』が再録された。九州行前のいわば「前期岡井隆」の締め括り、という記念の意味を込めてⅠ巻の掉尾に置かれたのだろう。その一方で、Ⅱ巻の巻頭にも「新編」と称して福島泰樹編集の『天河庭園集』が入集している。そこがとても興味深い。

岡井自身が一九七〇年に編集した旧編。のちに福島の手によって編み直された新編。「再誕岡井隆」を象徴するように新編が歴史的仮名遣いに変わっているのがまず目を引く。また、順に読んでゆくと歌の配列がずいぶん異なることにも気付く。旧編のほうは六十の章に分かれており、そのうち五十八の章すべて四首ずつで構成されている。残りの二つの章も「七首プラス一首」なので、やはり四首を単位としている。詞書の付いた歌はなく、章分けも「1」「2」と数字が振られているだけでタイトルはない。じつに整然としている。そして「1」の章の前、つまり巻頭に一ページ一首を使って、

曙の星を言葉にさしかえて唱《うた》うも今日をかぎりとやせむ

がエピグラムのように置かれ、ロマンチックな歌集名『天河庭園集』と呼応しているのである。ちなみに巻末の一首は、

以上簡潔に手ばやく叙し終りうすむらさきを祀《まつ》る夕ぐれ

である。寸分の乱れもない配列。歌との訣別宣言を巻頭に、歌への祈りを巻末に据えた起承転結の妙味。まことに周到である。全歌集Ⅱ巻のあとがきで「わたしは二度と作歌することはあるまいと思っていた」と記しているのはけっして大げさではないだろう。歌への別れを前にしてきっぱりときれいに区切りをつけるつもりで旧編『天河庭園集』の歌稿が整えられたことがよくわかる。

それに対して、新編のほうは雑誌発表の形にほぼ忠実に従っているため歌数が多く、タイトルや詞書もそのまま採用されている。殊に一九六七（昭和四十二）年の作を収めた冒頭部分は歌物語あり初句重畳（五プラス五七五七七の形）の試みあり、医学研究用の牛の心臓を譲り受けるための立ち会いシーンあり、という具合にバラエティに富んでいる。たとえば、「一週間」と題された章は月曜日から日曜日まで、まず数行の詞書があってそのあとに四、五首ずつの歌が並んでいる。

月曜日。雨乙女ザムザム曇天より飛来す。患者回診後、先週の解剖材料の分析にかかる。癌は肝内胆管より発生せるもののごとし。夜自然詩の荒廃につき稿を継ぐ。

昨日より今日のみどりの深みゆく一本の手が忘れがたしも
癌の死を待つばかりなる白き顔かたみの噓を許し合ひつつ
六月の夜空をうけてひらく花濃きくれなゐに乳の白さに
女らの涙ははかりがたくして藤打ちはじめたる夜半の雨

といったふうに医師であり文学者である日常に季節感が奥行を添え、夏へと向かう濃密な空気の中で作者の内面もまたぶ厚く熟してゆくことを詞書と歌の交響が伝えてくる。

こうした自在な作品群をかかえ込む新編において、「曙の星を」の歌は（旧編では巻頭歌だったことと対照的に）歌集の結びに置かれ、

あけぼのの星を言葉にさしかへて唱《うた》ふも今日をかぎりとやせむ

と表記を変えている。歴史的仮名遣いになり、初句の「曙」を「あけぼの」と平仮名にしている。私はこちらの表記のほうがのびやかで好きなので、今回の歌合せでは新編を用いた。もう一度つくづく眺めてみると、この歌は短歌への離別の辞でありながら奇妙なほどに明るい。自分の中に湧いてくる言葉の泉をあけぼのの星に捧げましょう、と言っている。みずからの詩才を天にお返ししましょう、ということである。単に歌を捨てますと言っているのではない。歌が祈りに通じていた古代を思わせるような敬虔な声調が湛えられているのだ。「今日をかぎりとやせむ」は一歩間違うと大仰に空回りしてしまう言い回しだが、ここでは歌に揺るぎない格調を添える働きをしている。

この歌を詠んだ一九七〇（昭和四十五）年頃の心境について、対話集『私の戦後短歌史』（角川書店）で岡井はかなり踏み込んだ発言をしており、興味を惹かれた。

「塚本さんの名ばかりがやたら出てくる。（略）そのころは若者たちの関心が僕のところへ

も集まっていた。それがすーっと移動してゆく。究極的には『前衛短歌というのはなかった。塚本邦雄だけがいた』ということになった」

「全体の空気そのものが、なにかちぐはぐ。すでに言いましたが、前衛狩りの空気が強い」

「肉体的にもちょうど三十代から四十代で落ちる時期。（略）病院でも中間管理職にされていく」

「たぶん短歌はやめる以外にないなと思った。四十二歳でしたから、ちょうどいい年齢でもある。あとは自分の好きなことをやろう。以前から評論や文学の勉強だけはやろうと思っていましたからね」

「しかし、変な話ですけれど、自分はどんな苦しいところにいたのか、九州に行って本当に解放感を得ました」


等々のコメントから、当時の岡井が歌人として予想以上に苦しい局面にあったことがわかる。「短歌はやめる以外にないなと思った」「本当に解放感を得ました」と語る彼の言葉には説得力があるなあ、と思った。

歌を愛し歌に執するがゆえに、いさぎよく歌と別れようとする決意。歌ごころを供物として星に差し出し、歌壇との交わりも断つ。そののち一から評論や詩と向き合う道があるではないか、と岡井は考えたのであろう。それは悲愴な覚悟とも言えるが、反面で新たな挑戦であり、何より解放であったはず。「あけぼのの星を言葉にさしかへて」の断念がじつは転進への原動力であったことに、私は深く納得したのであった。

まあしかし結果的には、「唱ふも今日をかぎりとやせむ」と表明した岡井は五年後に「歌人岡井隆」のまま戻ってきた。喜ばしいことである。私などは九州行以前の岡井とは会う機会がなく、復帰後の岡井に惹かれて短歌に熱中していった一人。後期岡井に触発されて短歌にのめり込んだ歌人を数えればきりがない。彼が歌壇に還っていなかったら現代短歌のシーンはずいぶん寂しいものになっていたであろう。

ところで、彼が「言葉」と差し替えた「星」は今、天空のどのあたりで輝きを放っているのだろうか。あるいは「星」は今では岡井自身の胸の内にそっと匿《かく》され温められているのかもしれない、とも思うのであるが。

あふ

この歌合せも最終回となった。前章にも記したことだが、千数百年近い歳月を越えた歌と歌との出会いは、宇宙の星と星との遭遇に似ている。したがって、結びの二番は第三十二番を「星」、第三十三番を「あふ（逢ふ、会ふ）」の題のもとに書き進めることにした。そして、題「星」の建礼門院右京大夫《けんれいもんいんのうきょうのだいぶ》の恋の歌の哀れと岡井隆の述志の歌を番わせて第三十二番が終わり、いよいよ最後の組み合せを迎えた。

「あふ」という動詞を前にしたとき、私の心にありありと浮かんだ歌人は西行である。二十三歳の若さで出家し、七十三歳で没するまで生涯のほとんどを旅に過ごした西行。それは修行の旅であったり、四季折々の自然の情趣を求める旅であったり、歴史の跡をたどる旅であったりするのだが、それだけでなく人と人との情のつながりをいつくしむ旅も多かったことがわかる。さまざまな意味で出会いの大切さを愛でたのが西行という人物であった。そこで、古典のほうの「あふ」の歌は西行の作品を選んだ。対する現代短歌であるが、女性歌人の歌三首を揃えてみた。歌合せは一対一で行われるべきものなので、一対三のかたちはルール違反。それはわかっているのだが、現代短歌の三首はいずれもぜひ採り上げたい歌ばかりである。ここは最後の組み合せということで許してもらって、華やかに三首を並べることにした。

〈第三十三番〉 あふ

はがくれにちりとどまれるはなのみぞしのびし人にあふ心ちする
西行《さいぎょう》『山家集』

「会ふ」といふさびしき言葉に吾はゐぬ小楢の透ける空を見にしが
河野愛子《こうのあいこ》『魚文光』

百年の椿となりぬ植ゑし者このくれなゐに逢はで過ぎにき
稲葉京子《いなばきょうこ》『しろがねの笙』

人生に付箋をはさむやうに逢ひまた次に逢ふまでの草の葉
大口玲子《おおぐちりょうこ》『東北』

西行は一一一八(元永元)年生まれ。俗名は佐藤義清《のりきよ》で、鳥羽院の下北面《げほくめん》に勤める武士であった。下北面とは御所の北面を警護する役職で、武術や学芸にすぐれているのみならず容姿のすばらしさも必要とされるエリート。前途は洋々としていたはずだが、彼は二十三歳にして突然に出家してしまう。理由は諸説あるが、よくわからない。鴨長明《かものちょうめい》『発心集《ほっしんしゅう》』の「西行女子出家事」には妻と幼い娘を捨てての出家だったと記されているが、この点も確たることは不明である。

　そらになる心は春のかすみにてよにもあらじと思ひたつかな　　西行『山家集』

出家を決意した一一四〇（保延六）年春に詠まれたとされる一首。「そらになる心」の解釈は主として二通りあり、風巻景次郎説は「諦めきれぬ歎息がある」とする。一方、窪田章一郎説は心が空《そら》になる様子を「無心状態」と受け取り、「暢びやかな明るい調子」と解している。私は窪田説に賛成で、春の霞に溶け込んでゆく心には悲壮感よりもロマンチックな憧れが湛えられているように思う。「そら」「かすみ」「よにもあらじ」といったはかない語で構成されているが、歌に託された心情はけっして暗くない。

　春霞が空に漂い流れるように、出家後の西行は各地への旅を続ける。最初の大きな旅は三十歳頃の陸奥への旅。これは出家の先達として尊敬する能因の歌枕をたどる旅であった。このときは奥州平泉の藤原秀衡《ひでひら》のもとで年を越し、春になって帰京、高野山での草庵生活に入った。

そしてその後は高野山を拠点にして修験道に励みつつ、時には都に赴いたり、熊野詣でに出掛けたりした。西住や寂然と親しく交流し、また徳大寺家や待賢門院璋子《しょうし》につながる人々とも終生にわたる親交があったようである。とりわけ、かつて仕えていた崇徳上皇（待賢門院の産んだ皇子）への心寄せは深く、保元の乱に敗れた崇徳上皇が讃岐に流されてからはたびたび配所に歌を贈っている。

其日よりおつる涙をかたみにておもひ忘るる時の間もなし　　西行『山家集』

この歌はその中でも率直な悲しみとなつかしみがあふれ出て、胸打たれる一首。「おもひ忘るる時の間もなし」に正直すぎるほど正直な心情吐露がうかがえる。こうして歌に詠むのみでなく、西行は実際に、崇徳院崩御ののち霊をなぐさめるため四国への旅に出ている。四国は弘法大師が生まれた所であり、ゆかりの地を巡礼することも目的の一つであった。このとき五十代に入っていた西行は、弘法大師生誕の地である善通寺に庵を結び、しばらく滞在した。その折に、庵を離れようとして詠んだ次の歌が私は好きである。

ここをまたわれすみうくてうかれなばまつはひとりにならんとすらん　　西行『山家集』

庵の前に立つ松を見て「ここにもまた住みづらくなって私が出ていったら、松よおまえはまた一人ぼっちになるのだなあ」とつぶやいている。修辞としては擬人法になるのだが、松を友に見立てているというより、この歌の「まつ（松）」は西行の自我そのものという気がする。「うかれなば」は先述の「そらになる心」と通い合う境地で、西行が好んで用いた表現である。われもなく何かに憧れ、さまよい出さずにはいられない心。そうした気体のように輪郭のない心の芯に、つねにぽそりと立っている松の木こそが西行の「われ」だったのではないか。鋭い孤独に裏打ちされた「われ」をかかえつつ、それでも次の出会い、また次の出会い……と憧れの導くまま漂泊と仮住まいを繰り返したのが西行の一生だったように思う。

四国から戻ったのちの大きな旅として、再び西行が一一八六（文治二）年に陸奥に向かったことはよく知られている。

年たけてまた越ゆべしと思ひきや命なりけり佐夜の中山　　　西行『新古今集』

そのとき佐夜《さや》の中山（現在の静岡県掛川市付近）を通ったときに詠んだ歌である。「また越ゆべし」は四十年前の陸奥行を踏まえており、「命なりけり（命があったからだなあ）」の詠嘆は六十九歳の西行の偽らざる思いであったことだろう。「あふ」という語は用いられていないが、この歌はまさに土地との出会いを噛みしめている一首である。このときの旅は奥州平泉の藤原秀衡を訪ねて東大寺再建のための砂金の勧進をするのが目的であった。単なる遊行ではないのである。最晩年まで実直に仏道に励み、歌と向き合った西行の人となりがしのばれる。

さて、そんな西行の「あふ」の歌は桜を愛した歌人に敬意を表して、

はがくれにちりとどまれるはなのみぞしのびし人にあふ心ちする

という花に出会う歌を選んだ。花の歌であると同時に恋の情感を湛えており、『山家集』では「寄残花恋」の題のもとに恋の部に入っている。

桜の花がすでにかなり散ってしまい、若葉が目立つ季《とき》。よく見ると葉の陰にまだ残っている幾輪かの花がある。まるで忍ぶ恋の相手に出会ったようだなあ、とほれぼれと眺めている情景が目に浮かぶ。桜は満開になる少し手前がうるわしい、という人がいる。いやいや、やはり咲き満ちてこそ一番だ、という人もいる。あるいは、いっそ葉桜になってしまってからのほうがすがすがしくて好き、という人もいる。だが、満開が過ぎて葉桜になりかけの中途半端な時期を好む人はあまりいないのではないか。緑の葉陰に見えるぽつりぽつりとした薄紅はともすれば汚らしく感じられるからかもしれない。けれども、さすがに西行である。そんな微妙な時期の桜の花に、この上もない美しさを発見している。歌に技巧の跡が見えず、あくまでも平易で

初々しいところが新しい。
多くの反戦句を作った気骨の俳人・渡辺白泉《はくせん》に、

松の花かくれてきみと暮らす夢　　『渡辺白泉全句集』

がある。あの白泉がこんなに愛らしい句を作ったのか、と印象深い作品なのだが、西行の「しのびし人にあふ心ちする」に通い合う抒情を感じるのである。断念や激情や悲憤を鎮め終えたのちに、再びのめぐり逢いを待つ心のさざなみ。修羅をくぐり抜けたのちの明るさが歌の背後から滲み出てくる。
小林秀雄は「西行」（新潮文庫『モオツァルト・無常という事』所収）の中で、
花や月は、西行の愛した最大の歌材であったが、誰も言う様に花や月は果して彼の友だったろうか、疑わしい事である。自然は、彼に質問し、謎《なぞ》をかけ、彼を苦しめ、いよいよ彼を孤独にしただけではあるまいか。彼の見たものは寧《むし》ろ常に自然の形をした歴史というものであった。
とひじょうに突き詰めた分析をしている。たしかに、花や月は孤独を癒すものではなく、逆に彼の心を波立たせ、掻き乱す対象だったかもしれない。ただ、それゆえにいっそう花や月との出会いは西行の喜びでもあったのだろうと思う。別れと表裏一体にあるからこその出会いの尊さである。

小林秀雄はまた、「西行」において、

如何《いか》にして歌を作ろうかという悩みに身も細る想《おも》いをしていた平安末期の歌壇に、如何にして己れを知ろうかという殆《ほとん》ど歌にもならぬ悩みを提げて西行は登場したのである。彼の悩みは専門歌道の上にあったのではない。陰謀、戦乱、火災、饑饉、悪疫《あくえき》、地震、洪水、の間にいかに処すべきかを想った正直な一人の人間の荒々しい悩みであった。彼の天賦《てんぷ》の歌才が練ったものは、新しい粗金《あらがね》であった。

とも記している。冒頭の「如何にして歌を作ろうかという悩みに身も細る想いをしていた」歌人には、さしずめ藤原定家などが想定されよう。西行贔屓で定家に厳しい小林らしい書き方である。ただ、後世の読者が西行と定家の作風をともすれば対立的なものと見なしたこととは別に、実際には西行と俊成・定家父子の間には相互信頼に基づく関わりがあった。『御裳濯河《みもすそがわ》歌合』（西行が生涯の自作の中から百四十四首をみずから選んで、二首一組で番えたもの）の判詞を俊成が書き、『宮河歌合』（同じく西行による自歌歌合）の判詞を定家が書いているのは、まことにすばらしい才能のハーモニーである。

ともあれ小林が指摘するように、歴史の変転する血なまぐさい時代に、出家という立場にあるからこそいっそう荒々しく苦悩や絶望が西行を苛んだことは想像に難くない。葉隠れにひそむ花のなつかしさは、そうした極限の激しさの中に灯る出会いの至福感を象徴している。

桜の花との出合いに恋のときめきを重ねた西行の歌は、それとともに、めぐり来る季節への挨拶歌ともなっていた。現代短歌の「あふ」歌として選んだ三首にも、植物との触れ合いをモチーフにしつつ、出合いの持つさまざまな表情が描き取られている。順に読んでゆこう。


「会ふ」といふさびしき言葉に吾はゐぬ小楢の透ける空を見にしが

一首目の河野愛子の歌は上句にひとひねりが効いている。単に「会ふ」ということのさびしさの中にいるのではない。『会ふ』といふさびしき言葉に吾はゐぬ」からは、会うことをもうひと回り客観的に見つめ直そうとする距離感がうかがえる。人と会い、季節と会い、時代と会い、運命と会う。多くの出会いをあえて「さびしき言葉」と規定したところに、当時四十代を終えようとしていた河野の人生観を垣間見ることができる。若くして結核を病んだ彼女は戦後しばらくの間、千葉市郊外の国立療養所に入院していた。そこにしばしば夫が面会にやって来る日々。二十代の河野はそのときの思いを次のように詠んでいる。

解放窓夜半に明るく栗楢の限りも知らずひらく芽が見ゆ
病める胸いたはりながら遊びたる水楢の下君かへりゆく
『木の間の道』

明日をも知れぬ重病の床で眺めた栗楢《なら》や水楢《なら》。そしてその向こうに広がる手の届かぬ世界。いま健康を取り戻して小楢を仰ぐときに、かつて灼けつくような羨望を持って見つめた栗楢や水楢のある風景をどうしても思い出してしまうのだろう。「会ふ」という言葉が運んでくるさびしさは、還らぬ青春への愛惜に満ちている。
植物がもたらす出合いの記憶は、掲出した稲葉京子の、

百年の椿となりぬ植ゑし者このくれなゐに逢はで過ぎにき

にも静かに脈打っている。同じ一連には、

萩の枝《え》を焚きつつ思ふ空の父逢はぬえにしもまた深からむ
未明にひとり息絶えむとし老い父が思ひしことをとはに問ふなれ

といった歌もあるので、掲出歌の椿を植えた者とは作者の父なのかもしれない。誰と特定せずとも味わい深い歌である。植えた者が亡くなったあとも年ごとに花を咲かせる樹木は頼もしくもあり、また痛々しくも思われる。この歌のこまやかなところは、死という言葉を使うことなく「このくれなゐに逢はで過ぎにき」とさりげなく清らかな言い回しで生と死の輪廻を表したことである。たまたまこの世に生まれ合せた人間と椿の木。つらいことも多い人生をひととき明るくさせてくれる椿の花の紅色が、こよなく優しく浮かび上がってくる。現世で椿の「くれなゐ」に出逢うことのなかった人も、ひょっとすると次の世で百年の椿の紅を愛でているのではないか。そんな空想にもとらわれるのである。逢えなかったことを詠んでいるのだが、どこか朗らかな光に縁取られているのは、きっとこの歌が出逢いというものを大きなスパンで捉えているからなのだろう。

三首目の大口玲子の、

人生に付箋をはさむやうに逢ひまた次に逢ふまでの草の葉

は二十代後半の未婚の日に詠まれた一首。東京で日本語教師をしていた作者は、東北に勤める恋人とデートを重ねる日々であった。遠距離恋愛であるし、互いに仕事を持つ身なので、この先二人の人生は寄り添うことになるのか、あるいは二本の軌道はゆっくり逸れてゆくのか、それはまだわからない。「逢ひ」が線へとつながる前の一回一回の点としての二人の関係が、「人生に付箋をはさむやうに逢ひ」という比喩に見事に言い表されている。まことに人生とは一冊の書物であり、人との出逢いは要所要所にはさむ色とりどりの付箋のようだ、と納得させられる。

この歌は句跨りのやや変則的なしらべにも魅力がある。「人生に／付箋をはさむ／やうに逢ひ／また次に逢ふ／までの草の葉」と訥々とつながってゆく言葉の流れがほほえましい。一首の結びに「草の葉」を置いたところも軽やかで、まるで付箋の代わりにみずみずしい草の葉をページに銜えさせたような楽しげな感じが伝わる。「草の葉」はホイットマンの詩集を踏まえているのかもしれない。「人生」という重厚な語が最後に「草の葉」へと回収される気息に自然な感じがある。また、草の葉の存在感が軽やかでありながらけっして「人生」に負けていないのも好ましい。ふと口ずさんでみたくなる秀歌である。

以上、現代短歌の三首を鑑賞した。そしてもう一度、西行の一首を思い浮かべてみると、「あふ」ということはそれがどのようにささやかなものであっても、重い意味を帯びていることがわかる。大げさに言えば、出合いにはつねに奇跡が伴っているのだ。

思えば、この連載における古典和歌と近現代短歌を一つの題のもとに番わせるという試みも（奇跡とまでは言わないが）出会いが生む未知なる可能性に期待してのものであった。星と星とが衝突して新星が誕生するようなドラマチックな出会いは、私の力不足ゆえに実現しなかったが、しかし三十三番の意外な組み合せをセッティングする作業はとても刺激的で楽しかった。私のわがままな試みにあたたかくつきあって下さった読者の皆様に心より感謝しつつ、拙稿を閉じることにする。

あふ

あとがき

古典に対してつよい苦手意識をもっていた私は、

「理学部を出ていますから、古典のことは書けません」

と、いつも強引な言い訳をしていました。

八年前、そんな逃げ腰な私に、当時の「短歌研究」編集長の押田晶子氏から天の啓示のようなひとことがくだりました。

「小川洋子さんは文学部出身ですが、数学の世界に分け入って『博士の愛した数式』というすばらしい小説をお書きになりました。栗木さんも挑戦してみてください」

『博士の愛した数式』を愛読していた私は、この魅力的なサジェスチョンにたちまちその気になってしまいました。私にもきっとできる、と。

約二年にわたる連載中は挫折の連続で、こんな思い付きだけの文章を発表してよいのだろうか、と悩むことがしばしばありました。けれども、そのつど押田氏や、押田氏が退任された後は新編集長になられた堀山和子氏から熱い励ましを賜わり、なんとか執筆を続けることができました。三十三番の歌合せを書き継ぐことができましたのは、まさにお二人のお陰です。また、連載中にはいろいろな方々から「次はどんな意外な組み合せがみられるのか楽しみです」と声を掛けていただきました。力強く背中を押してくださった皆さまに心より厚くお礼申し上げます。

そして、本書の刊行に際しましては、編集部の水野佐八香氏にひとかたならぬお世話になりました。どうもありがとうございました。

古典は今でも私にとってひたすら仰ぎ見るばかりの高い峰ですが、本書を書き終えたことで確実に親しみ深い世界になりました。

古典好きな方々にも、また古典を敬遠しがちな方々にも、本書を楽しんでいただければこんなにうれしいことはありません。

仲秋の名月の夜に

栗木京子

登場作者一覧

凡例　『万葉集』は『万』、『古今集』は『古』、『新古今集』は『新古』に省略した。末尾の数字は掲出の頁数。

古典和歌

赤染《あかぞめ》衛《え》門《もん》（九五六頃〜没年未詳）

明日ならば忘らるる身になりぬべし今日を過ぐさぬ命ともがな　『後拾遺集』恋二 116

在原《ありわらの》業平《なりひら》（八二五〜八八〇）

植ゑし植ゑば秋なき時や咲かざらむ花こそ散らめ根さへ枯れめや　『古』秋下 77

起きもせず寝もせで夜をあかしては春のものとてながめくらしつ　恋三 48

月やあらぬ春や昔の春ならぬわが身ひとつはもとの身にして　恋五 49

世の中にさらぬ別のなくもがな千世もとなげく人のこのため　雑上 108、109

在原《ありわらの》元方《もとかた》（生没年未詳、平安前期）

年のうちに春は来にけりひとゝせを去年とやいはむ今年とやいはむ　『古』春上 16

人はいさ我はなき名の惜しければ昔も今も知らずとを言はむ　恋三 207

石川《いしかわの》郎女《いらつめ》（生没年未詳）

古りにし嫗にしてやかくばかり恋に沈まむ手童のごと　『万』巻二―一二九 188

和泉《いずみ》式部《しきぶ》（生没年未詳、九七七頃の生まれか）

君にかく嫁の子とだに知らるればこの子ねずみの罪かろきかな　『和泉式部集』26

夢にだに見であかしつる暁の恋こそ恋のかぎりなりけれ　28

とゞめおきて誰をあはれと思ふらん子はまさるらん子はまさりけり　『後拾遺集』哀傷 25、27

こよひさへあらばかくこそ思ほえめ今日くれぬまの命ともがな　恋二 116

もの思へば沢のほたるもわが身よりあくがれ出づるたまかとぞ見る　雑六 120

伊勢《いせ》（生没年未詳、平安前期）

なにはなるながらの橋もつくるなり今はわが身をなにゝたとへむ　『古』雑体 32、35

難波潟みじかき蘆のふしのまも逢はでこの世をすぐしてよとや　『新古』恋一 32

伊都《いと》内親王《ないしんのう》（生年未詳～八六一）
老いぬればさらぬ別もありといへばいよいよ見まくほしき君かな　『古』雑上　108

永福門院《えいふくもんいん》（一二七一～一三四二）
花の上にしばしうつろふ夕づく日いるともなしに影消えにけり　『風雅集』春中　154
ま萩散る庭の秋風身にしみて夕日の影ぞ壁に消え行く　秋上　153

凡河内《おおしこうちの》躬恒《みつね》（生没年未詳、平安前期）
春の夜の闇はあやなし梅の花色こそ見えね香やはかくるる　『古』春上　15
今日のみと春を思はぬ時だにも立つことやすき花のかげかは　春下　14

大伴家持《おおとものやかもち》（七一八～七八五）
秋さらば見つつしのへと妹が植ゑしやどのなでしこ咲きにけるかも　『万』巻三—四六四　72、73
振仰けて若月見れば一目見し人の眉引思ほゆるかも　巻六—九九四　106
我がやどのなでしこの花盛りなり手折りて一目見せむ児もがも　巻八—一四九六　72
一本のなでしこ植ゑしその心誰に見せむと思ひそめけむ　巻十八—四〇七〇　72
剣大刀いよよ研ぐべし古ゆさやけく負ひて来にしその名そ　巻二十—四四六七　207

小野《おのの》小町《こまち》（生没年未詳、平安前期）
思ひつつ寝ればや人の見えつらむ夢と知りせば覚めざらましを　『古』恋二　32、48、126
うたた寝に恋しき人を見てしより夢てふものは頼みそめてき　126
いとせめて恋しき時はうばたまの夜の衣を返してぞ着る　125、126

柿本《かきのもとの》人《ひと》麻呂《まろ》（生没年未詳、奈良時代）
娘子らが袖布留山の瑞垣の久しき時ゆ思ひきわれは　『万』巻四—五〇一　191

笠《かさの》女郎《いらつめ》（生没年未詳、奈良時代）
朝ごとに我が見るやどのなでしこが花にも君はありこせぬかも　『万』巻八—一六一六　73

笠《かさの》沙弥《さみ》（生没年未詳、奈良時代）
青柳梅との花を折りかざし飲みての後は散りぬともよし　『万』巻五—八二一　161

紀《きの》貫之《つらゆき》（八六六～九四五）
袖ひちてむすびし水のこほれるを春立つけふの風やとくらむ　『古』春上　16
三輪山をしかも隠すか春霞人に知られぬはなやさくらむ　春下　20、22
咲きそめし屋戸しかはれば菊の花色さへにこそ移ろひにけれ　秋下　77

紀《きの》友則《とものり》（生没年未詳、平安前期）
しきたへの枕のしたに海はあれど人をみるめは生ひずぞありけ

る　　『古』恋二 130

宜秋門院丹後《ぎしゅうもんいんのたんご》（生没年未詳、平安末・鎌倉初期）
忘れじのことの葉いかになりに
けんたのめし暮は秋風ぞ吹く
『新古』恋四 45

儀同三司母《ぎどうさんしのはは》（生年未詳〜九九六）
忘れじの行く末まではかたけれ
ばけふを限りの命ともがな
『新古』恋三 45、114、115

宮内卿《くないきょう》（生没年未詳、元久年間（一二〇四〜〇六）頃没か）
うすくこき野辺のみどりの若草
に跡まで見ゆる雪のむらぎえ
『新古』春上 90
聞くやいかにうはの空なる風だ
にも松に音するならひありとは
恋三 89、91

建礼門院右京大夫《けんれいもんいんのうきょうのだいぶ》（一一五五頃〜没年未詳）
月をこそながめなれしか星の夜
の深きあはれをこよひ知りぬる
『玉葉集』231、235
きかばやなふたつの星の物語り
たらひの水にうつらましかば
『建礼門院右京大夫集』234
なにごともかはりはてぬる世の
中に契りたがはぬ星合の空 234
秋ごとに別れしころと思ひ出づ
る心のうちを星は見るらむ 234
言の葉のもし世に散らばしのば
しき昔の名こそとめまほしけれ
236

後鳥羽院《ごとばいん》（一一八〇〜一二三九）
ほのぼのと春こそ空に来にけら
し天の香具山霞たなびく
『新古』春上 23

西行《さいぎょう》（一一一八〜一一九〇）
はがくれにちりとどまれるはな
のみぞしのびし人にあふ心ちす
る　『山家集』244、248
そらになる心は春のかすみにて
よにもあらじと思ひたつかな 245
其日よりおつる涙をかたみにて
おもひ忘るる時の間もなし 246
ここをまたわれすみうくてうか
れなばまつはひとりにならんと
すらん 246
年たけてまた越ゆべしと思ひき
や命なりけり佐夜の中山
『新古』247

坂上郎女《さかのうえのいらつめ》（生没年未詳）
酒杯に梅の花浮かべ思ふどち飲
みての後は散りぬともよし
『万』巻八―一六五六 160

相模《さがみ》（生没年未詳、平安中期）
うらみわびほさぬ袖だにあるも
のを恋にくちなん名こそをしけ
れ　『後拾遺集』恋四 207

狭野弟上娘子《さののおとがみのおとめ》（生没年未詳、奈良時代）
あしひきの山路越えむとする君
を心に持ちて安けくもなし
『万』巻十五―三七二三 181、183
君が行く道の長手を繰り畳ね焼
き滅ぼさむ天の火もがも
―三七二四 183
天地の底ひの裏に我がごとく君
に恋ふらむ人はさねあらじ
―三七五〇 184

持統天皇《じとうてんのう》（六四五～七〇二）
北山にたなびく雲の青雲の星離れ行き月を離れて
『万』巻二–一六一 57

式子内親王《しょくしないしんのう》（一一四九～一二〇一）
はかなくて過ぎにしかたをかぞふれば花にもの思ふ春ぞへにける
『新古』春下 120
ほととぎすそのかみ山の旅枕ほのかたらひし空ぞ忘れぬ
雑上 134

周防内侍《すおうのないし》（一〇三六頃～一一〇九頃）
春の夜の夢ばかりなる手枕にかひなく立たむ名こそをしけれ
『千載集』雑上 205、214

僧正遍昭《そうじょうへんじょう》（八一五～八九〇）
名にめでて折れるばかりぞ女郎花我おちにきと人にかたるな
『古』秋上 82、84

待賢門院堀河《たいけんもんいんのほりかわ》（生没年未詳、平安後期）
長からん心も知らず黒髪の乱れてけさはものをこそ思へ
『千載集』恋三 119

丈部稲麻呂《はせつかべのいなまろ》（生没年未詳）
父母が頭掻き撫で幸くあれて言ひし言葉ぜ忘れかねつる
『万』巻二十–四三四六 42

二条院讃岐《にじょういんのさぬき》（生没年未詳、平安末・鎌倉初期）
わが袖は潮干に見えぬ沖の石の人こそしらねかわくまぞなき
『千載集』恋二 136、138

額田王《ぬかたのおおきみ》（生没年未詳、天智・天武期）
三輪山を然も隠すか雲だにも心あらなも隠さふべしや
『万』巻一–一八 23

藤原家隆《ふじわらのいえたか》（一一五八～一二三七）
ながめつつ思ふも寂しひさかたの月の都の明け方の空
『新古』秋上 102、104
下紅葉かつ散る山の夕時雨ぬれてやひとり鹿の鳴くらん
秋下 101

藤原公任《ふじわらのきんとう》（九六六～一〇四一）
滝の音は絶えて久しくなりぬれど名こそ流れてなほ聞こえけれ
『千載集』雑上 207

藤原高子《ふじわらのたかいこ》（八四二～九一〇）
雪のうちに春は来にけり鶯のこほれる涙今やとくらむ
『古』春上 142

藤原隆信《ふじわらのたかのぶ》（一一四二～一二〇五）
霜枯の野辺のあはれを見ぬ人や秋の色には心とめけむ
『六百番歌合』223

藤原忠家《ふじわらのただいえ》（生没年未詳）
契りありて春の夜ふかき手枕をいかゞかひなき夢になすべき
『千載集』雑上 206

藤原俊成《ふじわらのとしなり》（一一一四～一二〇四）
夕されば野辺の秋風身にしみてうづらなくなり深草のさと
『千載集』秋上 97、154
世の中よ道こそなけれ思ひ入る山の奥にも鹿ぞ鳴くなる
雑中 96

藤原敏行《ふじわらのとしゆき》（生年未詳～九〇一または九〇七）

久方の雲のうへにて見る菊は天つ星とぞあやまたれける
『古』秋下 77
藤原道長《ふじわらのみちなが》（九六六～一〇二七）
嫁の子の子ねずみいかがなりぬらんあな愛しとおもほゆるかな
『和泉式部集』26
藤原良経《ふじわらのよしつね》（一一六九～一二〇六）
うちしめりあやめぞかをる郭公なくや五月の雨の夕暮
『新古』夏歌 52
見し秋を何に残さん草の原ひとつに変る野辺のけしきに
『六百番歌合』223
源 頼政《みなもとのよりまさ》（一一〇四～一一八〇）
埋もれ木の花咲くこともなかりしに身のなる果てぞ悲しかりける
『平家物語』巻四 139
ともすれば涙に沈む枕かな汐満つ磯の石ならなくに
『頼政集』137
厭はるる我が汀には離れ石のかくる涙にゆるぎげぞなき
137
紫 式部《むらさきしきぶ》（九七三～一〇一四）
うき身世にやがて消えなば尋ねても草の原をば問はじとや思ふ
『源氏物語』「花の宴」219、220
くれなゐの涙に深き袖の色をあさみどりとやいひしをるべき
「少女」66、68
今はとて宿離れぬとも馴れきつる真木の柱はわれを忘るな
「真木柱」148、150
むらさきの雲にまがへる菊の花にごりなき世の星かとぞ見る
「藤裏葉」78
山前王《やまくまのおおきみ》（生没年未詳）
（前略）ほととぎす　鳴く五月には　菖蒲草（長歌・後略）
『万』巻三-四二三 50
山上憶良《やまのうえのおくら》（六六〇～七三三）
風交じり　雨降る夜の　雨交じり　雪降る夜は（長歌「貧窮問答の歌」・後略）
『万』巻五-八九二 197、198
士やも空しくあるべき万代に語り継ぐべき名は立てずして
巻六-九七八 195、204
雄略天皇《ゆうりやくてんのう》（記紀所伝の第二十一代天皇）
籠もよ　み籠持ち　ふくしもよ（長歌・後略）
『万』巻一-一 208
よみ人しらず
官にも許したまへり今夜のみ飲まむ酒かも散りこすなゆめ
『万』巻八-一六五七 162
手に取れば袖さへにほふをみなへしこの白露に散らまく惜しも
巻十-二一一五 83
難波潟漕ぎ出る船のはろはろに別れ来ぬれど忘れかねつも
巻十二-三一七一 42、44
稲搗けばかがる我が手を今夜もか殿の若子が取りて嘆かむ
巻十四-三四五九 172
多摩川にさらす手作りさらさらに何そこの児のここだかなしき

巻十四―三三七三 175

郭公鳴くや五月のあやめぐさあやめも知らぬ恋もするかな
『古』恋一 48、50

陸奥の安積の沼の花かつみかつ見る人に恋ひやわたらむ
恋四 48

狭筵に衣片敷きこよひもや我を待つらむ宇治の橋姫 恋四 127

流れては妹背の山のなかに落つる吉野の河のよしや世の中
恋五 49

梅の花見にこそ来つれ鶯のひとくひとくと厭ひしもをる
雑体 144

青柳を片糸に縒りて鶯の縫ふてふ笠は梅の花笠 巻二十 144

おふの浦に片枝さし覆ひなるなしのなりもならずも寝て語はむ
巻二十 167

現代短歌

会津八一《あいづやいち》 （一八八一～一九五六）

こがくれてあらそふらしきさをしかのつのゝひゞきに夜はくだちつゝ 『南京新唱』98

石川啄木《いしかわたくぼく》 （一八八六～一九一二）

はたらけど／はたらけど猶わが生活楽にならざり／ぢつと手を見る 『一握の砂』187

頬につたふ／なみだのごはず／一握の砂を示しし人を忘れず 145

伊藤一彦《いとうかずひこ》 （一九四三～）

睦みあひすでに睡れるか盲ひたる一頭もゐる岬の馬群
『青の風土記』210

視力なき月盲の母待ちてゐる一頭なしや夕光に消ゆ
『海号の歌』210

母の名は茜、子の名は雲なりき丘をしづかに下る野生馬 205、210

おぼれゐる月光見に来つ海号とひそかに名づけゐる自転車に 212

稲葉京子《いなばきょうこ》 （一九三三～）

百年の椿となりぬ植ゑし者このくれなゐに逢はで過ぎにき
『しろがねの笙』244、252

萩の枝を焚きつつ思ふ空の父逢はぬえにしもまた深からむ 252

未明にひとり息絶えむとし老い父が思ひしことをとはに問ふなれ 252

上田三四二《うえだみよじ》 （一九二三～一九八九）

実験室にわが居る隅はいつもいつも壁のなかゆく水の音する
『黙契』153、155

病舎裏の原に赤土の堆積あり実験済みし犬を葬る 157

実験室にもの言はず今日も暮れしかなドアの名札を裏返し出づ 157

苦しみて肺組織標本を作り終ふ

窓に梧桐の実の垂るるころ 157

生方《うぶかた》たつゑ （一九〇五〜二〇〇〇）
北を指すものらよなべてかなしきにわれは狂はぬ磁石をもてり 『北を指す』61

大口《おおぐち》玲子《りょうこ》 （一九六九〜）
人生に付箋をはさむやうに逢ひまた次に逢ふまでの草の葉 『東北』244、253

大西民子《おおにしたみこ》 （一九二四〜一九九四）
てのひらをくぼめて待てば青空の見えぬ傷より花こぼれ来る 『無数の耳』90、92
偽りを名乗る要などなきことのふと寂しくてロビーに待てり 95
知るべ少なきこの坂の町遅くまで点してわれを待つ花屋あり 95

岡井《おかい》隆《たかし》 （一九二八〜）
あけぼのの星を言葉にさしかへて唱ふも今日をかぎりとやせむ 『天河庭園集』231、236、240
曙の星を言葉にさしかへて唱うも今日をかぎりとやせむ 238
以上簡潔に手ばやく叙し終りうすむらさきを祀る夕ぐれ 238
昨日より今日のみどりの深みゆく一本の手が忘れがたしも 239
癌の死を待つばかりなる白き顔かたみの嘘を許し合ひつつ 239
六月の夜空をうけてひらく花濃きくれなゐに乳の白さに 239
女らの涙ははかりがたくして藤打ちはじめたる夜半の雨 239
青き菊をちぎりつつわたしを待つなんて出来まいわたしはゐないのだから 『家常茶飯』82

小野興二郎《おのこうじろう》 （一九三五〜二〇〇七）
父よ男は雪より凛く待つべしと教へてくれてゐてありがたう 『天の辛夷』202

小野茂樹《おのしげき》 （一九三六〜一九七〇）
隆みより日に乾きゆく川の砂まのあたりわれは父の死を見ず 『羊雲離散』226
崖の照りかがよふ谷の縁をゆきこの地に還す葬列に会ふ 226
くさむらへ草の影射す日のひかりとほからず死はすべてとならむ 『黄金記憶』219、225
母は死をわれは異る死をおもひやさしき花の素描を仰ぐ 226
こゑ細る学童疎開の児童にてその衰弱は死を控へたり 226
翳り濃き木かげをあふれ死のごとく流るる水のごとくありし若さか 226
死をうたふうたみづみづしとほざかりゆく少年期・幼年期の朝 226

影山一男《かげやまかずお》 （一九五二〜）
あけぼのの中なる樫の影太しあな男とは発語せざる樹 『天の葉脈』202

春日井建《かすがいけん》 （一九三八〜二〇〇四）
ボヘミアの古硝子ほどの水いろの空見ゆ母を想へば泣かゆ

『井泉』108、110

母の椅子より見る風景は狭けれどわがのどのこと想はずあれな　111

しづけさの涯には音があるといふ一日を椅子に掛けてゐる母　111

薬膳をともに摂りしはわれのため病まずに逝きし母のかなしゑ　112

川田《かわだ》順《じゅん》　（一八八二〜一九六六）

わが夢は現となりてさびしかり田居のすみかに枕を並ぶ　『東帰』130、132

河野《かわの》裕子《ゆうこ》　（一九四六〜二〇一〇）

まがなしくいのち二つとなりし身を泉のごとき夜の湯に浸す　『ひるがほ』114、117

君を打ち子を打ち灼けるごとき掌よざんざんばらんと髪とき眠る　『桜森』187

岸上《きしがみ》大作《だいさく》　（一九三九〜一九六〇）

生きている不潔とむすぶたびに切れついに何本の手はなくすとも　『意志表示』187

北原《きたはら》白秋《はくしゅう》　（一八八五〜一九四二）

手にとれば桐の反射の薄青き新聞紙こそ泣かまほしけれ　『桐の花』146

大きなる手があらはれて昼深し上から卵をつかみけるかも　『雲母集』187

葛原《くずはら》妙子《たえこ》　（一九〇七〜一九八五）

疾走の鹿とどまりて振りかへるふたつの眸なにも見てをらず　『薔薇窓』96、98

寺院シャルトルの薔薇窓をみて死にたきはこころ虔しきためにはあらず　99

尖塔雲刺す寺院に薔薇窓の高く盲ひし刻を痛みつ　99

伽藍の内暗黒にして薔薇形の彩の大窓浮きあがりたり　99

小池《こいけ》光《ひかる》　（一九四七〜）

とほき日のわが出来事や　紙の上にふとあたたかく鼻血咲きぬ　『バルサの翼』71

河野《こうの》愛子《あいこ》　（一九二二〜一九八九）

解放窓夜半に明るく栗楢の限りも知らずひらく芽が見ゆ　『木の間の道』252

病める胸いたはりながら遊びたる水楢の下君かへりゆく　252

「会ふ」といふさびしき言葉に吾はゐぬ小楢の透ける空を見にしが　『魚文光』244、251

五島《ごとう》美代子《みよこ》　（一八九八〜一九七八）

うつそ身は母たるべくも生れ来しををとめながらに逝かしめにけり　『母の歌集』25、30

齋藤《さいとう》史《ふみ》　（一九〇九〜二〇〇二）

定住の家をもたねば朝に夜にシシリイの薔薇やマジョルカの花　『魚歌』38

山坂を髪乱れつつ来しからにわれも信濃の願人の姥　『ひたくれなゐ』32、37

雪被く髪とも姥の白髪とも夜の道を来しみづからの貌　37
つゆしぐれ信濃は秋の姥捨のわれを置きさり過ぎしものたち　38
これよりはまさに一人の下り坂すこし気ままに花一枝持ち
『渉りかゆかむ』39
颪のやから冬の奈落に荒ぶとき老女撩乱として吹雪かれつ　39
ひらひらと峠越えしは鳥なりしや若さなりしや声うすみどり　39

齋藤茂吉《さいとうもきち》（一八八二〜一九五三）
おびただしき軍馬上陸のさまを見て私の熱き涙せきあへず
『寒雲』146

坂井修一《さかいしゅういち》（一九五八〜）
青乙女なぜなぜ青いぽうぽうと息ふきかけて春菊を食ふ
『ラビュリントスの日々』75
八時間ノートPC打ちつづけこの撫子はわらふことなし
『アメリカ』72、74

コスモスは首のべて吾子愛すとふいまさにづらふコスモスをとめ　75

佐佐木幸綱《ささきゆきつな》（一九三八〜）
夏野行く夏野の牡鹿、男とはかく簡勁に人を愛すべし
『火を運ぶ』202
ソ連の危機さもあらばあれ入試問題細部に意識を集める夜更け
『瀧の時間』60
北という語にさえ魔力ありし日の白樺を思う山のホテルに　57、59
幽かなる硫黄のにおいまといたる家族と見ている遠きクーデター　60
すでにゴルビー殺られたりけんという推理さもありなんと思いたりしか　60
言葉とはつまりは場かも風中の戦車に登り口開く人　60
〈正義〉を抽象語とのみ信じたる若さかな若さの勢い恋うも　62

佐藤佐太郎《さとうさたろう》（一九〇九〜一九八七）
梨の実の二十世紀といふあはれわが余生さへそのうちにあり
『星宿』167、168
おのづから星宿移りゐるごとき壮観はわがほとりにも見ゆ　169

高野公彦《たかのきみひこ》（一九四一〜）
もの思ひてたましひ暗むゆふまぐれ発語せざれば熱しことばは
『淡青』119、121
地下茶房にコーヒーを飲み昼休み動詞「おもふ」の中にわが棲む　122

高安国世《たかやすくによ》（一九一三〜一九八四）
男として仕事したしと言ふさへにいたいたしき迄に妻を傷つく
『真実』195、198
いら立ちてすぐ涙ぐむ病む妻に何にむらむらと怒吐きかく　200
遺伝をば言ひ出でて妻の又嘆く苦しみ行かむ子もその子らも　200

舌縺れ獣の如く母は喚ぶ幼な三人の泣き叫ぶなか 200

月の光におしめ干しつつ我が生に誇張もやがて失せ行くと思ふ 200

男のみの安き会話を恋いて行く二月病みし果ての会合
『砂の上の卓』201

滝沢《たきざわ》亘《わたる》（一九二五〜一九六六）

わが内のかく鮮しき紅を喀けば凱歌のごとき木枯
『断腸歌集』66、69

わがもてるかくあざやけきくれなゐの花びら型の血を紙に喀く 70

血を喀きて喀きて喘ぎて思ひをり何か言ひ得て逝きしや人は 70

玉井《たまい》清弘《きよひろ》（一九四〇〜）

こぼれたる鼻血ひらきて花となるわが青春期終りゆくかな
『久露』71

俵《たわら》万智《まち》（一九六二〜）

陽のあたる壁にもたれて座りおり平行線の吾と君の足
『サラダ記念日』182、185

空の青海のあおさのその間サーフボードの君を見つめる 185

砂浜のランチついに手つかずの卵サンドが気になっている 185

捨てるかもしれぬ写真を何枚も真面目に撮っている九十九里 185

塚本《つかもと》邦雄《くにお》（一九二〇〜二〇〇五）

ゆきたくて誰もゆけない夏の野のソーダ・ファウンテンにあるレダの靴
『水葬物語』10

暗渠の渦に花揉まれをり識らざればつねに冷えびえと鮮しモスクワ
『裝飾樂句』61

固きカラーに擦れし咽喉輪のくれなゐのさらばとは永久に男のことば
『感幻樂』202

青き菊の主題をおきて待つわれにかへり來よ海の底まで秋
『青き菊の主題』77、80

月はのぼる紫紺の空に忘れねばわすれねばこそ思はずナチス
『されど遊星』45

春の夜の夢ばかりなる枕頭にあつあかねさす召集令状
『波瀾』215

寺山《てらやま》修司《しゅうじ》（一九三五〜一九八三）

マッチ擦るつかのま海に霧ふかし身捨つるほどの祖国はありや
『空には本』22

売りにゆく柱時計がふいに鳴る横抱きにして枯野ゆくとき
『田園に死す』148、151

大工町寺町米町仏町老母買ふ町あらずやつばめよ 151

新しき仏壇買ひに行きしまま行方不明のおとうとと鳥 151

売られたる夜の冬田へ一人来て埋めゆく母の真赤な櫛を 151

時田《ときた》則雄《のりお》（一九四六〜）

祖父の齢ひとつ越えいま思ふなり意志とは石ぞ石は芽を吹く

『ポロシリ』137、140
春の陽に石の蕩ける夢を見ぬ石も力をぬくときがある 140
石を叩き降る雨の音聞きながら水母の時間に浸りてをりぬ 140
馬鈴薯と共に掘られし石たちが朝の光を浴びて綻ぶ 140
玉石よどけ退けどけぬといふのなら土の真ん中に鋤き込んやる 140
農場の春は近しと樹が石が筋骨たちが浮かれはじめぬ 141

中城《なかじょう》ふみ子《こ》（一九二二〜一九五四）
陽にすきて流らふ雲は春近し噂の我は「やすやす堕つ」と
『乳房喪失』82、86
春の雪ふる街辻に青年は別れむとして何か叱るも 86

馬《ば》場《ば》あき子《こ》（一九二八〜）
忘れねば空の夢ともいいおかん風のゆくえに萩は打ち伏す
『桜花伝承』42、44
あやめのあめ闇に無限にそそぐ夜の三千世界の対人地雷
『ゆふがほの家』48、52
底深い怖れと背中合せの夢アメリカの狐泥を渡れり 53
あやめの花はらりとほどけあかつきの沼は動けり音なき息に 53

浜田《はまだ》到《いたる》（一九一八〜一九六八）
孤り聴く〈北〉てふ言葉としつきの繁みの中に母のごとしも
『架橋』62
ふとわれの掌さへとり落す如き夕刻に高き架橋をわたりはじめぬ 172、176
にくしんの手空に見ゆかの味き尖塔のうへに来む冬をまつ 178
哀しみは極まりの果て安息に入ると封筒のなかほの明し 179
死に際を思ひてありし一日のたとへば天体のごとき量感もてり 179

穂《ほ》村《むら》弘《ひろし》（一九六二〜）
ほんとうにおれのもんかよ冷蔵庫の卵置き場に落ちる涙は
『シンジケート』142、145
楽しい一日だったね、と涙ぐむ人生はまだこれからなのに
「短歌研究」二〇〇七年二月号 146
夕闇へ白い市電が遠ざかるそろそろ泣きやんであげようか
「短歌研究」二〇〇八年九月号 146

前川《まえかわ》佐美雄《さみお》（一九〇三〜一九九〇）
春がすみいよよ濃くなる真昼間のなにも見えねば大和と思へ
『大和』20

正岡《まさおか》子規《しき》（一八六七〜一九〇二）
いちはつの花咲きいでて我目には今年ばかりの春ゆかんとす
『竹の里歌』14、17
別れゆく春のかたみと藤波の花の長ふさ絵にかけるかも 18

水原《みずはら》紫苑《しおん》（一九五九〜）
まつぶさに眺めてかなし月こそは全き裸身と思ひいたりぬ

『びあんか』103、105

ひさかたの月を抱きしをのこらの滅びののちにわが恋あらむ　『くわんおん』107

吉野にはなど死なざりし西行と問ふわが胸に月昇りけり　『あかるたへ』107

森岡貞香《もりおかさだか》（一九一六～二〇〇九）

未亡人といへば妻子のある男がにごりしまなこひらきたらずや　『白蛾』192

雨に濡れし着物のままにぬくもればいぎたなしわれは泣虫となりて　192

流弾のごとくしわれが生きゆくに撃ちあたる人を考へてゐる　192

とある樹が青き手出しぬふらふらと青の憂愁を見てしまひたる　192

夜風たちぬ樹樹の青き手青き面がわれを喚ばはりをれば竦みつ　192

をみな古りて自在の感は夜のそらの藍青に手ののびて嗟くかな　『百乳文』187、188、190

与謝野晶子《よさのあきこ》（一八七八～一九四二）

不可思議は天に二日のあるよりもわが体に鳴る三つの心臓　『青海波』118

この度は命あやふし母を焼く迦具土ふたりわが胎に居る　118

与謝野鉄幹《よさのてつかん》（一八七三～一九三五）

韓にして、いかでか死なむ。われ死なば、をのこの歌ぞ、また廃れなむ。　『東西南北』196

米川千嘉子《よねかわちかこ》（一九五九～）

帰国せし人三越に服えらぶこの国はただ服の照る国　『滝と流星』125、128

わたくしの時間のうらに時間ありて曽我ひとみさん（四三歳）あらはる　128

人の時間は雨粒ほども交はらず拉致のテレビをなほ見続ける　128

若山喜志子《わかやまきしこ》（一八八八～一九六八）

にこやかに酒煮ることが女らしきつとめかわれにさびしき夕ぐれ　『無花果』164

酒煮るとわが立てば子も子の父も火をかこむなり楽しき夜よ　『白梅集』164

酔へばとて酔ふほど君のさびしきに底ひもしらずわがまどふかな　164

やみがたき君が命の餓かつゑ飽き足らふまでいませ旅路に　『筑紫野』165

ひとり出でて旅の宿りに啜りまし酒の味このごろ解る気がする　『若山喜志子全歌集』160、163

若山牧水《わかやまぼくすい》（一八八五～一九二八）

白玉の歯にしみとほる秋の夜の酒はしづかに飲むべかりけれ　『路上』159

ふるさとの尾鈴の山のかなしさよ秋もかすみのたなびきて居り

『みなかみ』23

俳句

西東三鬼《さいとうさんき》（一九〇〇〜一九六二）
水枕ガバリと寒い海がある　『旗』130
松尾芭蕉《まつおばしょう》（一六四四〜一六九四）
行春や鳥啼魚の目は泪　『おくのほそ道』143
渡辺白泉《わたなべはくせん》（一九一三〜一九六九）
松の花かくれてきみと暮らす夢　『渡辺白泉全句集』249

詩・小説

茨木《いばらぎ》のり子《こ》（一九二六〜二〇〇六）
「吹抜保」（『人名詩集』）212
倉橋由美子《くらはしゆみこ》（一九三五〜二〇〇五）
小説「月の都」103
坂口安吾《さかぐちあんご》（一九〇六〜一九五五）
「堕落論」87
高橋順子《たかはしじゅんこ》（一九四四〜）
五行詩『恋の万葉・東歌』173、175
立原道造《たちはらみちぞう》（一九一四〜一九三九）
詩集『萱草に寄す』46
辻井喬《つじいたかし》（一九二七〜）
小説『虹の岬』133
村野四郎《むらのしろう》（一九〇一〜一九七五）
「枯草のなかで」（詩集『実在の岸辺』）227
村田喜代子《むらたきよこ》（一九四五〜）
小説『蕨野行』40

本書は「短歌研究」二〇〇八年八月号より二〇一〇年六月号まで連載された「超時空歌合せ」を加筆、改題したものです。

著者略歴

栗木京子（くりき・きょうこ）
1954（昭和29）年、愛知県名古屋市生まれ。京都大学卒業。短歌誌「塔」選者。歌集に『夏のうしろ』（読売文学賞）、『けむり水晶』（迢空賞）、『しらまゆみ』など。歌書に『名歌集探訪』『短歌をつくろう』などがある。

省検
略印

塔21世紀叢書第220篇

平成二十五年六月一日　印刷発行

うたあわせの悦《よろこ》び
一三〇〇年の時空を越えて

定価　本体二五〇〇円（税別）

著者　栗《くり》木《き》京《きょう》子《こ》
発行者　堀山和子
発行所　短歌研究社
郵便番号一一二―〇〇一三
東京都文京区音羽一―一七―一四　音羽YKビル
電話〇三（三九四四）四八二二・四八三三
振替〇〇一九〇―九―二四三七五番
印刷者　豊国印刷
製本者　牧製本

ISBN 978-4-86272-349-9 C0095 ¥2500E

好評既刊

短歌研究社刊

馬場あき子と読む　鴨長明無名抄

馬場あき子＋

花山多佳子　栗木京子　水原紫苑　米川千嘉子

松平盟子　小島ゆかり　川野里子　桜川冴子

（補註・石井照子）

本体三、〇〇〇円

ISBN 978-4-86272-232-4